「シェリー。私服、よく似合ってるよ」
「え……そ、そうかな？」

「えへへ。ユリアの隣だぁ」
ついに壁際まで追い込まれてしまった僕は
どうすることもできなかった。

『ユリア君。黄昏刀剣《トワイライトブレード》は変形できるなら……
盾にもできるんじゃない』
そう。
盾にもできると分かった僕は、
それから修練を重ねた。

追放された落ちこぼれ、辺境で生き抜いてSランク対魔師に成り上がる3

御子柴奈々

HJ文庫
938

口絵・本文イラスト　岩本ゼロゴ

目次

プロローグ　悲しみを乗り越《こ》えて

「エリーさん……どうして……」

嘆《なげ》きの声を漏《も》らすが、今となってはどうしようもない。

もう、治癒魔法《ちゆまほう》が追いつくことはない。完全にエリーさんは、今僕《ぼく》の目の前で死んでしまっている。

その事実は覆《くつがえ》しようがなかった。

どれだけ現実逃避《とうひ》をして、悲しみに浸《ひた》ろうとも。

「……」

僕はやるべきことをやろう、と考えた。

彼女《かのじょ》の死を見て初めは動転していたが、徐々《じょじょ》に僕は冷静になっていた。

まるで自分の心の中の何かがスッと覚めていくようだった。

今回の件。

流石《さすが》に公にするのはまずいと判断したが後ろから予想外の人物の声が聞こえてくる。

「ユリア……これって……」

「シェリー？」

振《ふ》り向くと、そこにはなぜかシェリーが立っていた。

「……どうして、シェリーがここに？」

「私も研究室に用事があって。そこでユリアがいるって他《ほか》の人に聞いたから、聞いたんだけど……」

彼女は驚《おどろ》いている、というよりも状況《じょうきょう》が全く理解できていないようだった。

「その人、死んでいるの？」

「……うん。他殺だ」

「他殺⁉」

「ともかく、人を呼ばないといけない」

「う、うん……」

ギュッと胸の前で拳《こぶし》を握《にぎ》りしめているシェリー。

彼女の手は微《かす》かに震《ふる》えていた。

そして僕らは、ベルさんを頼《たよ》ることにした。

ベルさんは諜報《ちょうほう》組織にも所属しているので、まずは彼女に話を通した方がいいと考えたからだ。

「ユリア君、シェリーちゃん……これは？」

「エリーさんが殺害されました」

それから僕はこと細やかに状況を説明した。

ベルさんは初めはかなり驚いていたようだけれど、状況を理解してくれたのかすぐに諸々《もろもろ》の手配をしてくれた。

「ユリア君。シェリーちゃん。事情聴取《ちょうしゅ》、付き合ってもらうことになるけど……大丈夫《だいじょうぶ》？」

「はい」

僕は呆然《ぼうぜん》と目の前で行われている処理を見つめていた。

状況を保存するために様々な処理がなされ、死体には布が被《かぶ》される。

「シェリー。大丈夫？」

「え、ええ」

顔は真っ青だった。

それにまだ手は震えているようなので、僕はそっと彼女の手を握った。

「大丈夫。僕がいるよ」

「ありがとう、ユリア……」

まだ完全に状況を飲み込めていないようだが、少しは落ち着いてきたようだった。

そして僕らはこの場はベルさん達《たち》に任せて、改めて事情聴取を受けることになるのだった。

◇

五日後。

事情聴取では僕が第一発見者ということで、犯人の可能性もあるのでは？　と疑われていたけれど殺害時刻に僕を目撃《もくげき》していた人がいたおかげでアリバイが成立。

それに事情聴取をしている人も僕の精神状態を気にしてくれたのか、話の最後の方はメンタルについて聞かれることが多かった。

僕はあまりその時のことを覚えていない。

シェリーも別で事情聴取を受けたようだが、かなり落ち込んでいる様子だったらしい。

「大丈夫です」

「はい」

「ええ」

と、ずっと同じような言葉を繰《く》り返していたような気がする。

そしてそれから五日が経過した現在、僕らは喪服《もふく》に身を包んで教会の前にやってきていた。

エリーさんの葬式《そうしき》。

今回の葬式は公開されてはいない。

Ｓランク対魔《ま》師、軍の上層部、研究者仲間、それと親族のみに限られた葬式になった。

僕は誰《だれ》かの葬式に出ることは初めてではない。

両親の葬式には出た経験があるから。

でもどうしてだろう。

僕は両親の時よりも、激しい虚無《きょむ》感に襲《おそ》われている気がする。

きっと、それは自分の無力さを嘆いているのだと思う。

あと少し、僕が早く来ていれば。

もっと僕が、注意をしていれば。

もっと僕に治癒魔法がうまく使えていれば。

そんな後悔《こうかい》が脳内を支配していく。

どうしてそんなことを考えてしまう。

後悔先に立たず、という言葉があるが本当にその通りだと無力にも痛感していた。

「ユリア」

凛《りん》とした声が耳に入ってくる。

隣《となり》を見ると、同じように真っ黒な喪服に身を包んだエイラ先輩《せんぱい》が立っていた。

心配そうに僕の顔を見つめている。

ここ数日、僕はまともに寝《ね》ることができていない。

顔もできるだけいつもと同じようにしているが、先輩には隠《かく》せないようだ。

「ユリア。大丈夫？」

「はい。僕は……大丈夫ですよ」

そうだ。

僕は大丈夫なんだ。

それはもはや、自己暗示のようなものだった。

「ユリア、別に無理をしなくても大丈夫なのよ？」

「無理をしているように見えますか？」

「えぇ」

「そう、ですか」

この五日間は誰ともロクに会話をしていなかった。厳密にいえば、事情聴取などが複数回にわたって行われたので、会話をしていないわけではない。

だが心ここにあらず、という感じでほとんど覚えていない。

今もただ、行かないといけないという一心で葬式にやってきていた。

第一結界都市を襲撃《しゅうげき》された時も表では明るく振る舞《ま》っていたけれど、裏では助けることのできなかった人のことを思って、後悔に苛《さいな》まれていた。

今回は特に応《こた》えた。

エリーさんと話をして、父の話を聞いたり、彼女の仮説を聞いたりした。

僕たちは確実に前に進んでいけると。

黄昏《たそがれ》に打ち勝つことができると。

そんな話をエリーさんとしていたのに、彼女はもういない。

「どうしてもつらい時は、私に相談して。これでも先輩だから」

「エイラ先輩……ありがとうございます」

小さな手でそっと優《やさ》しく先輩は僕の手を包んでくれた。

対魔師は生き残っている期間が長くなればなるほど、仲間の死に触《ふ》れる機会が多くなる。

そんな当たり前のことは、分かり切っているつもりだった。

けれど、知識として知っているのと、実際に体験するのとでは大きく違《ちが》うと改めて理解した。

「ユリア君……」

徐々に僕以外の人も集まってくるが、全員が強張《こわば》った表情をしていた。

「ベルさん」

ベルさんが僕の方に近寄ってくる。

いつものように無表情のままだが、少しだけ悲しそうな雰囲気《ふんいき》が漂《ただよ》っていたのは気のせいではないだろう。

「ベルさんは何度もこんな経験をしているのですか？」

聞いてみることにした。

ベルさんは僕よりもずっと先輩の対魔師だ。

前線で戦っている期間は僕よりもはるかに長い。

「そう……だね。仲間の葬式に出ることは、もう慣れてるよ」

「そうですか……」

慣れている。

その言葉を言ったベルさんは、まるで全《すべ》ての感情が抜《ぬ》け落ちているようだった。

慣れてはいる、が思うところは彼女にだってあるのだろう。

「ユリア君。無理はしないですね」

「はい」

簡素な会話を交《か》わすと、ベルさんは他の人にも挨拶《あいさつ》に行くようだった。

そうして一人で呆然としていると、次にやってきたのはサイラスさんだった。

「ユリア君。久しぶり、でもないかな？」

「サイラスさん。どうも」

軽く頭を下げる。

「第一発見者だったらしいね」

「はい。何もできませんでした……」

未《いま》だに僕の胸中には後悔が渦巻《うずま》いている。

今更《いまさら》どうすることもできないのは分かっている。

理性ではそう分かっていても、どうしても感情を完全に制御《せいぎょ》することはできなかった。

「今回の件。こちらでも調べているが、間違《まちが》いなく裏切り者の件と関係しているだろう。前代未聞《ぜんだいみもん》の事件だ」

よくみると、サイラスさんはギュッと拳を握り締《し》めていた。

あまり感情を表に出すような人ではないと思っていたが、確かに今の彼《かれ》は怒《いか》りに満ちているようだった。

「裏切り者は必ず見つける。ユリア君。一緒《いっしょ》に戦っていこう。大丈夫、私たちはまだ戦うことができる」

「はい」

サイラスさんにそう言ってもらうことで、改めて自分が戦う意志が固まったような気がした。

それから大勢ではないが、それなりの数の人が集まってくる。

しかし、涙《なみだ》を流している人はほとんどいなかった。

それは決してエリーさんの死を悲しんでいない人が多いわけではない。

きっと、慣れてしまっているのだろう。

誰かが死んでしまうことに。

僕ら対魔師は常に誰かの死と隣《とな》り合わせで進んで行けないといけない。

ギュッと自分の心臓を押さえるように左胸に触れると、僕は顔をあげた。

「……よし」

前を向こう。

悲しみも、嘆きも、無念も、全てを背負って前に進んでいこう。

僕はエリーさんの死を背負って進んでいく。それがきっと、今の僕にできる唯一《ゆいいつ》のことだから。

エリーさん。

僕は絶対に、あなたの死を無駄《むだ》にはしません。絶対に。

そしてついに、葬儀《そうぎ》が始まった。

僕らは棺桶《かんおけ》の中にいる、エリーさんに花を載せていく。

綺麗《きれい》な顔だった。

「エリーさん。どうか、安らかに」

僕はそっと彼女に花を載せる。

泣いている人、何かを我慢《がまん》しているような人、そして改めて覚悟《かくご》をしているような人。

様々な人間が彼女に言葉をかけていた。

それからついに、棺桶が埋葬《まいそう》されることになった。

厳格に行われる葬式を僕は冷静に見つめていた。


「ユリア」

「シェリー。体調は？」

「……まだちょっとつらいけど、前よりはよくなったわ」

今回の葬式、実はシェリーも参加していた。

なんでもベルさんの付き添《そ》いで、エリーさんに会うことが何度かあったのだという。

そんな知り合いが目の前で死んでいるのを目撃してしまったシェリー。

シェリーはまだエリーさんの死に関して、整理がついていないようだった。

「シェリー。きっとこれから、何度もこんなことが続くよ」

「そうよね。うん、分かっているけど……」

微かに涙をこぼすシェリー。

彼女はとても優しい人間だ。

前の襲撃の時も、襲われる人のために命がけで戦っていた。

そんなシェリーだからこそ、まだ人の死は応えてしまうみたいだ。

「人の死はいつか慣れてしまうかもしれない。けどね、この悲しみという感情を僕は忘れたくない」

シェリーが僕の顔をじっと見つめてくる。

僕はにこりと微笑《ほほえ》むと、優しくシェリーを抱《だ》きしめた。

「悲しむからこそ、人の遺志《いし》を継《つ》いでいける。だから僕はこれからも、戦い続ける。いつか、世界に青空を取り戻《もど》すためにも」

「そうね。私ももっと強くなるわ」

涙を拭《ぬぐ》う。

目元は赤いけれど、まだ戦う意志はある目をシェリーは宿していた。

たとえどれだけの人間が犠牲《ぎせい》になろうとも、黄昏の世界に変化はない。

だがそれでも僕らは、いつかこの黄昏を打ち破るためにこれからも戦い続けるのだろう。

死して尚《なお》、その遺志を他人に引き継いでもらって。

いつか誰かが成《な》し遂《と》げてくれると、そう信じて死んでいった仲間のためにも僕らは前に進み続ける。
そして、そのいつか誰かが……今の僕らであるように。
そう願った――。

第一章　ユリアの覚悟

あれからSランク対魔師全員が、召集《しょうしゅう》されることになった。

もちろん内容はエリーさんが殺害された件についてだ。

Sランク対魔師全員が改めて集合するのは、前の襲撃の時以来である。

もっとも、今回は内容が内容なので、室内に入るとすでにかなり張り詰《つ》めた空気になっていた。

今までSランク対魔師が亡《な》くなったことは珍《めずら》しいことでは無い。

他の対魔師と比較《ひかく》すれば圧倒的《あっとうてき》に死亡率は低いのだが、Sランク対魔師も同じ人間。

戦いの中で死んでしまうことは十分にあり得ることだ。

だが今回は違う。

エリーさんは他殺という形で亡くなっている。

Sランク対魔師が他殺されたということは今までにはない。

他殺といっても、相手が人間なのか、それとも他の何かなのか。

ともかく、彼女の死にはあまりにも多くの謎《なぞ》があるのは間違いなかった。

「さて諸君。よく集まってくれた」

Sランク対魔師が全員円卓《えんたく》に集合した。

もちろん、談笑《だんしょう》などする雰囲気ではなく全員が黙《だま》って席についていた。

そしてサイラスさんが口を開いた。

「今回の件だが、エリーが何者かに他殺された」

『……』

全員ともに、すでにその話は知っている。

僕が第一発見者であることも、共有済みである。

「エリーの他殺。おそらく相手の狙《ねら》いは、彼女の研究のことだろう。黄昏因子《トワイライトファクター》の研究を進めて欲《ほ》しくない。そう考えるのが妥当《だとう》だろう」

黄昏因子《トワイライトファクター》。

それはずっとエリーさんが研究していたものだ。

僕が人類で初めて獲得《かくとく》したかもしれない因子《ファクター》。

黄昏に対して強い耐性《たいせい》を得ることのできるそれは、人類が黄昏に進んでいくのに必要不可欠となるはずものだった。

だが、エリーさんが亡くなってしまったことで研究は一時ストップ。

他の研究者が研究内容を引き継ぐそうだが、それでも彼女がいなくなってしまったのはあまりにも大きい。

「一応、全員ともに全てのことを共有しているが、改めて第一発見者のユリア君の言葉を聞こう。では、よろしくお願いするよ」

「分かりました」

サイラスさんにそう言われるので、僕はその時の状況を説明する。

「僕はエリーさんに会うために、彼女の研究室に向かいました。そして、机に倒《たお》れている彼女を発見しました。すぐに治癒魔法をかけようとしましたが……間に合いませんでした」

僕はその後の対応なども含《ふく》めて、詳《くわ》しく説明をした。

また、アリバイもすでにあるので僕が犯人ではないか？　という声は上がらなかった。

「エリーの死はかなりの痛手だ。黄昏因子《トワイライトファクター》は黄昏に打って出るのに必要なもので、私はそれに懸《か》けていたのだが……どうやら敵は、こちらの情報にかなり精通しているようだ」

サイラスさんの話を聞いて、僕も同じ考えをする。

黄昏因子《トワイライトファクター》のことを知っているのは、Sランク対魔師と軍の上層部のみ。

エリーさんをピンポイントで狙ったということは明らかに、人類が黄昏に対して進もうとするのを妨害《ぼうがい》するのが狙いなのだろう。

問題はいったい誰が犯行を実行したのか。

「当時の状況からするに、エリーは抵抗《ていこう》している様子はなかったようだ」

抵抗がない。

相手が一瞬《いっしゅん》で殺害した可能性もあるが……。

「私としては、相手はエリーの顔見知りだった可能性が高いと思う。いくら研究を専門としているとはいえ、彼女はSランク対魔師。殺すとしても容易ではない」

そう。

僕もサイラスさんと同じような結論に至っていた。

そして、そこから考えるに彼女を殺害した人間はかなり絞《しぼ》られることになる。

「改めて、以前の襲撃の時も話をしたがこの中に犯人がいる可能性も十分にある」

「……私もそう思う」

ベルさんが小さな声を出すが、それはしっかりと聞き取ることができた。

「……私たちの方でも調べているけど、まだ尻尾《しっぽ》は掴《つか》めていない。けど、こんな大胆《だいたん》なことをするからには相手は追い詰められているはず……」

「ただ、第一発見者であるユリア君にいくらアリバイがあるとはいえ、今のところ怪《あや》しいことに変わりはない」

「僕は絶対にエリーさんを手にかけてはいません」

「あぁ。分かっているとも。しかし、私たちはただ感情的に動くわけにはいかない。あくまで可能性の中で動くしかないんだ。理解してほしい」

と、サイラスさんが言うとベルさんが反論する。

「私はユリア君はありえないと思う……前回の襲撃を防いでくれたのも、彼だし……それに、ユリア君がエリーと出会ったのはここ最近。研究のことを知って殺すにしても、あまりにも手際《てぎわ》が良過ぎる。私としては、エリーを殺すことはもっと前もって準備していたような気がする」

「ユリア君の言い分も、ベルの言い分も理解できる。その上で私たちはお互《たが》いを疑っていく必要がある。私だって、誰も疑いたくないことは分かってほしい」

「……それは、分かってる。ともかく、相手は絶対に焦《あせ》っていると思う」

エイラ先輩もまたそれに続く。

「そうね。いくら研究を進めて欲しくはないとはいえ、殺すのはかなりのリスクがあるはず。絶対に焦っているわ」

その後、全員ともに頷《うなず》く。

前回の襲撃を経て失敗し、その上で研究を阻止《そし》するために殺害。強引《ごういん》な手段と見て間違いないだろう。

「そう。敵は絶対に焦っている。だからこその強引な殺害。しかし、エリーを失ったのはあまりにも大き過ぎる……」

全員ともに顔を曇《くも》らせる。

黄昏の研究者としてエリーさんは一番重要な人物であった。

人類にとってあまりにも大きな損失。

けれど、サイラスさんは思いがけないことを言うのだった。

「だが、エリーが残していったものにこんなものがある」

サイラスさんが取り出したのは小さな結晶《けっしょう》だった。

「結晶……ですか？」

僕は思わず疑問を口に出していた。

「ユリア君の言うとおりだ。これは結晶だが、ただの結晶ではない」

サイラスさんは一息置く。

「これは、擬似《ぎじ》結界領域と呼べるものを展開できる結晶だ。エリーの研究しているものの中に、これが残されていた」

擬似結界領域……？

僕はエリーさんと黄昏因子《トワイライトファクター》については話をしていたが、そんな言葉を聞くのは初めてだった。それに確かこの結晶は、かなり前にはなるが敵の魔物《まもの》の中に埋《う》め込まれていたものだ。

それを分析《ぶんせき》していたのがエリーさんだったということか、と僕は得心する。

「彼女は黄昏因子《トワイライトファクター》を研究していたが、黄昏因子《トワイライトファクター》には黄昏を無効化する能力もあった。その無効化能力を一つの結晶にまとめたのが、この黄昏結晶《トワイライトクリスタル》。永久的ではないとはいえ、かなりの間黄昏を無効化することできる。つまりは、黄昏に対して進出する大きなものを彼女は残してくれたのだ」

全員から感嘆《かんたん》の声が漏れる。

僕としても、心を打たれるような言葉だった。

エリーさんの死は決して無駄ではない。

そのことが分かっただけでも、僕は嬉《うれ》しかった。

「どうやら研究は前々から進めていたようだが、ユリア君との出会いで大きく進むことになったようだ。実用化に至ったのもユリア君のおかげだろう。改めて、二人の出会いが早くてよかったよ」

「それは……本当に良かったです」

エリーさんが残していったものを僕たちは背負っていかなければならない。

僕はまだSランク対魔師になって日が浅い。

けれども、それなりの人の死は経験している。

家族や仲間。

失うたびに自分がもっとできることはないか、ということを考えていた。

後悔ばかりの人生だった。

でも、後悔しても僕たちは進み続けなければならない。

決して後ろ向きではない。

人の死を背負って僕らは前に進んでいくんだ。

「そして、ここからが大事な話になってくる」

神妙《しんみょう》な面持《おもも》ち。

サイラスさんが何か重要なことを言おうとしているのは、すぐに分かった。

「この黄昏結晶《トワイライトクリスタル》を使うことで、黄昏に侵《おか》された土地をある程度は取り戻すことができる。さらには、黄昏結晶《トワイライトクリスタル》があるおかげで通信なども魔法《まほう》で行うことができるだろう。つまり、私たちは黄昏に打って出ることが、ついにできるのだ」

「黄昏に打って出る……」

僕はボソリと呟《つぶや》く。

今までの人類の歴史の中で、黄昏に大きく打って出たことはない。

斥候《せっこう》や調査、それに僕が黄昏に追放されたこともあるが、人類が明確な目標を持って黄昏に出たことはない。

今まではむしろ、守りに徹《てっ》しているというイメージの方が強かった。

それに結界都市も決して一枚岩ではない。

僕は以前に召集されたことで知ったが、保守派と革新派での内部の派閥《はばつ》争いが行われている。

そのような背景もあって、人類が黄昏に進出することはなかった。

だがどうやら、ついに僕たちは黄昏に打って出る時が来たのかもしれない。

「……サイラス。流石に時期尚早《じきしょうそう》すぎない？」

そう投げかけるのはベルさんだった。

他のSランク対魔師も疑問の声をあげる人はいた。

「そうかしら？　私はいいと思うけど」

ベルさんの疑問の声に対して、クローディアさんが答える。

「今まで私たちはずっと、結界都市を守ることに注力していたわ。でもいつか、こちらから大きく動く必要があるのは当然でしょう？」

「でも……エリーが死んだばかり。新しいSランク対魔師を補充《ほじゅう》することも考えないと」

「ベル。すでに今回の件は、上層部にも話を通してあるし、許可も下りている」

「……分かった。作戦が近いうちに行われることは、理解したけど……あまり焦って行動を起こすのは怖《こわ》いと思う。エリーの件は少なからず私たちにショックを与《あた》えたし」

「あぁ。しかし、あまり感情に囚《とら》われても仕方がないだろう。合理的に動かなければならない時もあるということだ」

「……エリーの死なんてどうでもいいってこと？」

「そこまでは言っていない。だが、序列二位だからこそベルも分かっているだろう。ある程度の、割り切りは必要だということは」

「……それは、そうだけれど」

僕はSランク対魔師のことを詳しく知っているわけではない。

活動内容などは把握《はあく》しているが、Sランク対魔師も人間だ。

ここで大きな対立はないとはいえ、意見の食《く》い違いが出てくるのは当然だろう。

実際にはベルさんの言葉に賛同する人もいたけれど、サイラスさんの言葉を肯定《こうてい》する人の方が多かった。

僕《ぼく》はただ、黙ってこの場を見守るしかなかった。

僕としては、どちらの意見も理解できる。

早急《さっきゅう》に黄昏に進出する必要があるのも、分かっている。

仮に裏切り者がいるとすれば、確実にその行動を嫌《いや》がってくる。

サイラスさんとしてはこちらが先手を打ちたい、ということだろう。

一方のベルさんはもう少しゆっくりとしてもいいのではないか、という意見。

確かにエリーさんの死は僕らに大きな傷跡《きずあと》を残している。

整理する時間も必要だとは思うが、こればかりは仕方がないだろう。

状況は常に変化していく。

ここはサイラスさんの言うとおり、割り切って進むしかない。

「では、今後行われる作戦の概要《がいよう》について説明しよう」

そうして僕らは、黄昏に進出するという大きな作戦の概要についての話を聞くのだった。

◇

「これで今回は解散となるが、改めて裏切り者は絶対に許しはしない。仮にこの中にいるとしたら覚悟しておくといい。では、以上だ」

会議が終わった。

かなりの時間拘束《こうそく》されることになったが、仕方がないだろう。

途中《とちゅう》では議論が白熱することもあったが、無事にまとまることになった。

僕として驚きだったのは、ベルさんとサイラスさんは考え方に違いがあるというものだった。

別に仲違《なかたが》いをしているわけではないが、ベルさんはあまりにも合理的に話を進めるサイラスさんに意見をしていることが多かったように思える。

「ユリア。お疲《つか》れ」

「エイラ先輩。お疲れ様《さま》です」

外に出ていくと、ポンと肩《かた》を叩《たた》かれる。

エイラ先輩はグッと背筋を伸《の》ばす。

「ふぅ。会議っていつも疲れるのよね」

「そうですね。今回は、色々とありましたから」

「そうね。エリーの件もそうだけど、まさかここで黄昏に大きく打って出るなんて。内政も大きく変わってきているのかもね」

「保守派と革新派の話ですか？」

「ええ」

二人で話をしつつ歩いていると、後ろからベルさんが声をかけてくる。

「……二人とも、時間ある？」

「ベルさん」

「ベル。私はあるけど、ユリアは？」

「僕も大丈夫です」

「じゃあ、私の行きつけのお店があるから」

ということで僕らは三人でベルさんの行きつけのお店に向かうことになるのだった。

普通《ふつう》の喫茶店《きつさてん》ではあるが、ここは話を聞かれたくない時に利用したりするらしい。

奥《おく》の方の席に三人で着くと、ベルさんは魔法で防音障壁《しょうへき》を展開する。

そして、全員の注文した飲み物がやってくるとベルさんがどうして僕らを集めたのか、という話をしてくれる。

「……二人はさっきの話、どう思った？」

「どうって、まぁそうね。サイラスとベルで意見は分かれていたけど、私はサイラスに賛成かしら。エリーが死んでしまってSランク対魔師が欠けたからこそ、こちらから大きく動くのはアリだと思うわ」

「ユリア君はどう思う？」

ベルさんはいつも無表情ではあるが、今は鋭《するど》い視線を感じる。

「そうですね。僕もサイラスさんの意見には賛成ではありますが……でもやはり、エリーさんのことは忘れることはできません。第一発見者は僕でしたし、それに……もっと早く僕がエリーさんのもとに行っていればと思って……まだ心の整理はついていませんが、前に進まないといけないことも理解しているつもりです」

僕は思ったことをそのまま伝えた。

ベルさんは紅茶に軽く口をつける。

「……私は動きがちょっとおかしい気がするの」

「おかしい？　ベルは何か掴んでいるの？」

「ううん」

ベルさんは首を横にふる。

「でも、急に状況《じょうきょう》が動きすぎだとは思う……」

「あぁ。さっきユリアとも話していたけど、もしかして保守派と革新派に何かあったんじゃない？」

「それは私の方で調べたけど、革新派の方が勢力を広げているらしい」

「そうなの？」

「うん」

コクリと頷くベルさん。

確か、今の結界都市は保守派が過半数を占《し》めているという話だったはずだ。

だが、今は状況が変わってきているということか……？

「前回あった第一結界都市の襲撃。黄昏危険区域でレベルとは異なる魔物の出現。それに加えて、エリーの殺害。裏切り者も暗躍《あんやく》している可能性もあって、いつまでも守っているままではいつか内部から崩壊《ほうかい》してしまう……と考えた上は、大きく方針を変えているらしいの。派閥争いも、革新派が強くなっているとか」

「なるほどねぇ……だからこそ、急な作戦ということね。でも、今までの歴史の中で今回のような黄昏の領地を取り戻す、みたいなのはなかったわよね？」

「……うん。今回が初めてだね。でもこれだけ大きく急に動くと、裏切り者も動きやすくなるかもしれない。だから私は、あまり早急な動きはよくないと思ったんだけど……」

なるほど。

ベルさんもベルさんで、色々と考えているようだ。

でもどうして、そのことをあの場で言ってくれなかったのだろう。

「ベルさん」

「何？　ユリア君」

「どうしてその話を、あの場で共有しなかったのですか？」

「……それは、私はあなたたち二人以外を信用していないから」

「え」

思わずぽかんとした表情をしてしまう。

無理もない。

確かに裏切り者はＳランク対魔師《たいまし》の中にいる可能性はある。

けれどベルさんはバッサリと僕とエイラ先輩《せんぱい》以外は信用していないと、そう言ったのだ。

「それはどういう意味、ベル」

「……第一結界都市の襲撃があったと思うけど、あの時に外にいたのはユリア君とエイラだけ。つまりは、やっぱり会議室に閉じ込められていた人間の中に裏切り者がいる可能性が高い。ユリア君とエイラは限りなく可能性が低い。だからこそ、二人には話をしようと思って」

「なるほど……ね。まぁ私も、あまり信用できる人間はいないと思っているわ。ユリアは間違いなく違うと思うけど……ベル。あなたは信用してもいいの？」

エイラ先輩はじっとベルさんのことを見つめる。

「……うん。私は絶対に裏切り者じゃない。でも、やっぱりそうは言うけど絶対はない。ある程度は割り切って欲しい」

「……まぁ、ある程度は割り切っていかないと話は進まないしね。ともかく、私たちは限りなく可能性が低いってことね」

「うん。あの場ではあまり詳しい話をするわけにはいかなかったの」

「……裏切り者がいるとして、今回の作戦に絡《から》んでくるのかしら」

「来ると思う」

「僕も可能性は高いかと」

相手はきっとかなり追い詰められている。

その中でエリーさんの残した黄昏結晶《トワイライトクリスタル》によって、新しい作戦が開始されようとしている。

おそらくは相手は彼女《かのじょ》の研究を全て把握していたわけではないだろう。

だからこそ、僕らにとってこれはチャンスかもしれない。

「そうよね。なら私たちの方で準備をしておくってこと？」

「うん。二人にはちょっと協力して欲しいことがあるの」

気がつけば、全員の紅茶は空になっていた。

追加で注文をすると、僕らは再び話に戻る。

「今回の作戦。おそらくは人類が結界都市を作ってから、一番の大きな作戦になると思う。動きは大きくなるし、Ｓランク対魔師はほとんどが駆《か》り出されると思う。だからこそ、私はある人物をマークしようと思う」

「もしかしてベル。もう、分かっているの？」

恐《おそ》る恐るエイラ先輩が尋《たず》ねる。

が、ベルさんは首を横に振《ふ》るった。

「ううん。まだ確信じゃない。ただある程度の候補は絞っているから、そこから徐々《じょじょ》に追い詰めて行きたいの。その際に、私の動きは不審《ふしん》に思われるかもしれないから、二人にサポートして欲しいと思って……」

「それはいいけど、危険じゃないの？」

「……危険はつきもの。リスクを取らないと、絶対に前には進めない。今はいわば、爆弾《ばくだん》をずっと内側に抱《かか》えている状況。たとえここで刺《さ》し違《ちが》えたとしても、裏切り者の件は決着をつけないといけない」

「ベルさん……」

「ベル」

彼女の双眸《そうぼう》には確かな意志が宿っていた。

ベルさんの覚悟。

それを感じ取れないほど、僕とエイラ先輩は鈍感《どんかん》ではない。

差し違えたとしても、裏切り者を見つけ出す。

ベルさんのその覚悟を僕らもしっかりと受け止めるべきだ。

「そう。ベルがそこまで言うなら、私たちも全力で協力するわ」

「僕も協力します」

「けど、絶対に刺し違えたりはさせないわ。ベルも失うわけには、いかないから」

「エイラちゃん。ユリア君。本当にありがとう」

頭を下げる。

誰《だれ》が裏切り者かも分からない状況。

誰も心から信頼《しんらい》できないような環境《かんきょう》の中で、僕たちは戦い続けなければならない。

でもベルさんの言い分は十分に理解できるものだ。

このままずっと裏切り者がいるかどうか、という疑《ぎ》心暗鬼《しんあんき》の状況では纏《まと》まるものも纏まらない。

人類が大きく躍進《やくしん》するには、絶対に裏切り者の件は早急に終わらせなければならないからだ。

その後、僕らは色々と今後のことについての話をしてから別れることになった。

「じゃあ、私はこっちだから」

「はい。さようなら、先輩」

「エイラちゃん。バイバイ」

軽く手を振って、別れを告げる。

一方で僕とベルさんは帰る方向が一緒《いっしょ》だったので、一緒に帰路へつく。

「……ユリア君。大丈夫《だいじょうぶ》？」

「僕ですか？」

「うん。やっぱり、心配で」

「大丈夫ですよ」

気丈《きじよう》に振る舞《ま》うことしか僕にはできない。

正直なところ、心的な疲労《ひろう》はかなりのものだった。

いつまで経《た》っても、エリーさんの死が脳裏《のうり》にこびりついているような気がするのだ。

もしかすると、ベルさんはそのことを分かっているのかもしれない。

「……私も昔は、かなり辛《つら》い時期があったよ」

「ベルさんが、ですか？」

「うん」

黄昏《たそがれ》の光に包まれながら、僕らは歩みを進める。

意外だった。

今のベルさんはSランク対魔師序列二位。

僕なんかよりもずっと大人で、実力も上だ。

何事にも動じることはなく、昔からずっと強い人だと思っていた。

「Sランク対魔師は強いからこそたどり着ける領域。だけど、その分仲間の死を見る機会も多くなる。私も初めは仲間が死ぬたびに心が折れそうになったの」

「折れそうになったけど、立ち上がることはできたのですか？」

「うん。私には師匠《ししょう》がいたから」

師匠がいたから。

その言葉が理解できないわけではない。

おそらくはもう……。

「もともと、私の師匠はSランク対魔師で、私の才能を見出《みいだ》してくれた。今の私があるのは師匠のおかげなんだよ」

「そうだったんですか」

「うん。辛い時も、悲しい時もたくさんあった。でもその度《たび》に師匠がそばにいてくれるから耐《た》えることができた。その時にね、教えてもらった言葉があるの」

「教えてもらった言葉？」

ベルさんはピタッと立ち止まると、流れる髪《かみ》の毛《け》を押《お》さえながらその言葉を教えてくれた。

「いつかお前が、俺《おれ》にしてもらったことを後輩《こうはい》たちにしてやれ。そうやって人は意思を引き継いでいくんだ」


その言葉を僕は少しの間、黙って受け止めていた。

そうか。

だからベルさんは僕のことを気にかけてくれていたのか。

「師匠はもう、戦いで亡くなってしまった。けどね、師匠に教えてもらったことは全部、覚えてる。私ももう、当時の師匠と同じ年になったからこそ、その言葉の意味がよく分かるの。ユリア君、辛い時は頼《たよ》ってくれていいからね？」

「はい。ありがとうございます」

頭を下げると、ベルさんは再び口を開いた。

「それと、あまり復讐心《ふくしゅうしん》を燃やしてはダメだよ？」

「復讐、ですか」

「うん。ユリア君も考えているでしょう？」

「それは、そうですね。考えていないと答えるのは、嘘《うそ》だと思います」

激しい憎悪《ぞうお》、とまではいかないが確かにエリーさんを殺した相手に復讐をしたい、と考えている僕もいることは事実だ。

「別に私は復讐そのものは否定しない。それが原動力になっている人もいるし、対魔師になった人は大切な人を失っている人が多いから。でもね、それだけじゃダメなの。いざ、復讐心だけに心を支配されると冷静な判断ができない」

「つまりは、死に繋《つな》がるということですね」

「うん。戦闘《せんとう》において、感情に支配されることはあってはいけない。確かに、魔法力は感情に呼応することはあるけど、周りが見えなくなってしまう。私はそれで死んでいった対魔師をたくさん見てきた。だから復讐心を抱《いだ》いていてもいいけど、冷静でいることは忘れないで。絶対に……」

どこか虚空《こくう》を見つめているような瞳《ひとみ》。

ベルさんの言葉は確かな重みがあった。

ベルさんの師匠のことは詳しくは知らないが、おそらくは戦闘の最中に亡くなったのは想像できる。

彼女も復讐心に駆られたことがあるのかもしれない。

でも僕はそれ以上は追及《ついきゅう》することはなかった。

「分かりました。わざわざご忠告、ありがとうございます」
復讐心は持っていてもいい。
ただし、それに呑《の》み込まれてはいけない。
戒《いまし》めにしておこう。
いつかもし、裏切り者と相対した時に備えて。
そして僕は、最後にベルさんに感謝を告げる。
すると彼女は笑って、こう言ってくれた。
「ううん。私もしてもらったことだから。じゃあ、またね」
彼女は小さく手を振ると、僕のもとから去っていくのだった。
僕もまた歩き出す。
新しい日常へと確かな一歩を踏《ふ》み出していく。

◇

学院での生活が再び始まった。

Sランク対魔師としての任務と学園生活。

二重苦ではあるけど、もうすっかり慣れてしまった。

色々な人に心配の声をかけてもらって改めて誓《ちか》った。

もう誰も失わないように全力で戦っていこう。

Sランク対魔師としてできることを全力でやっていこう。

もう後悔《こうかい》はしたくないから。

また、大きな作戦は数週間後に始まるということで、知っているのはSランク対魔師と軍の上層部のみ。

今回は結界都市に人類が移ってから初めての黄昏に打って出る大きな任務ということで、アナウンスも大々的に行うらしい。

それまでの間、定期的に作戦会議も行われるためかなり多忙《たぼう》になる。

でも今はそれでよかった。

忙《いそが》しいくらいでないと、エリーさんの死のことをずっと思い出してしまうから。

決して忘れたいと思っているわけではないが、いつまでも固執《こしつ》している場合ではないのは分かっている。

また僕は日々の生活の中で今ある情報をまとめていた。

裏切り者の存在。

第一結界都市の襲撃《しゅうげき》。

本来出るはずのない場所でのヒュドラの襲撃。

エリーさんの殺害。

おそらくこれらは全《すべ》て裏で繋がっているのだろうと思っている。

ベルさんは刺し違えてでも、裏切り者を見つけると言っていた。

だが、そんなことはさせるわけにはいかない。

ベルさんを失うわけにはいかない。

いや、これ以上僕は仲間を失いたくはない。

そう考えていると、目の前にはソフィアが立っていた。

「ユリア。終わったけど、どうしたのボーッとして」

「いや、ちょっと考え事をしていて」

「そっか。Sランク対魔師のお仕事、相変わらず忙しいの？」

「そうだね。でももう慣れたよ」

　立ち上がる。

　するとソフィアの隣《となり》には、シェリーもやって来る。

「ユリア。疲れているの？」

「え……シェリーにはそう見える？」

「うん。ちょっとね。心ここにあらずというか」

「そっか。いや、でも大したことじゃないよ」

「そう……」

　僕からすれば、シェリーの方が疲れているように思えるけど……あえて口にすることはなかった。

　エリーさんが亡《な》くなった件を整理する時間は絶対に必要だから。

「じゃあ、僕は行くよ」

　と、この場から去っていこうとする瞬間《しゅんかん》。

　ソフィアがにっこりと微笑《ほほえ》みながら、僕の進路を遮《さえぎ》る。

「ちょっと待って！」

「どうかした、ソフィア？」

「ユリアって明日暇《ひま》？」

「明日は――」

頭の中でスケジュールを思い出してみる。

明日からは学院は二日ほど休み。

またそれに合わせてSランク対魔師としての仕事も、休みになっている。

別に僕は仕事があってもよかったのだが、色々と考慮《こうりょ》されたのか二日ほど休みをもらっている。

休日は特に予定も入れていないので、僕は素直《すなお》に答える。

「うん。暇だね。ちょうど二日ほど休みだよ。Sランク対魔師としての仕事もないし」

「やった！　じゃあ、三人で買い物にでも行かない？」

「え⁉」

驚《おど》きの声をあげたのは、シェリーだった。

「ちょ、ちょっとソフィア！」

「ん？　どうかしたのシェリー」

「いや、聞いてないんだけど」

「でも時間あるでしょ？」

「ま、まぁ。あるけどさ」

「よし！　じゃあ、お昼に集合ね！」

ということで、僕らは明日一緒に街に買い物に行くことになるのだった。

第二章　ささやかな日常と情報収集

翌日。
僕はいつものように早朝に目を覚ます。
まずはベッドから出ていくと、顔を洗って覚醒《かくせい》を促《うなが》す。
今日は正午ちょうどに街の中央にある噴水《ふんすい》に集合することになっている。
時間としてはまだまだ時間があるので、僕はランニングをするために外に出る。
依然《いぜん》として世界は黄昏に包まれたまま。
僕はその中を入っていくと、一時間程度で自室へと戻《もど》って来る。
あとは朝食を手早く用意してから、資料を見つめる。
この資料は僕が軍に提出した報告書を自分用に、改めてまとめたものだ。
僕は個人でも裏切り者のことを追いかけている。
大規模な作戦に乗じて何かをして来るのかもしれない。
もしかすれば、他《ほか》のSランク対魔師が狙《ねら》われることもある。

エリーさん以外は戦闘に特化したSランク対魔師なので、殺されてしまう可能性は低いかもしれないが、念には念を入れたほうがいいだろう。

今のところ、情報はそれなりにあるものの、まだ裏切り者が誰かまでは確定していない。かなりのところまで絞《しぼ》れているが、まだ範囲《はんい》は広い。

絶対にもうこれ以上の犠牲《ぎせい》を出すわけにはいかない。

エリーさんの葬式《そうしき》を経て、僕は改めてその覚悟《かくご》を固めるのだった。

と、そんなことを考えている間にも、そろそろ家を出たほうがいい時間になった。

集合時間は正午。

ギリギリに行くのも余裕《よゆう》がなくて嫌なので、早めに部屋を出る。

制服ではなく持っている私服に着替《きが》えると、僕は自分の部屋を後にするのだった。


「早く来すぎたかも。まぁ、いいかな」

時間は集合時間の三十分前。

思ったよりも早く来てしまったようだ。

でも遅《おく》れてしまうよりはずっといいので、しばらく待っていよう。

そう思っていると、僕はすでに噴水の前で待っていた彼女が視界に入った。

「シェリー？」

「ユリア？　は、早いわね」

「うん。でもシェリーの方が早いね」

「わ、私は別に……ちょうど今来たばっかりだし」

すでにシェリーは集合場所に到着《とうちゃく》していたらしい。

今来たばかりとのことなので、タイミングがちょうど被《かぶ》った……ということか。

「シェリー。私服、よく似合ってるよ」

「え……そ、そうかな？」

「うん。今までは制服しか見てこなかったけど、ワンピースもよく似合ってるよ」

「あ、ありがとう……」

忙《せわ》しなく髪を触《さわ》りながら、明後日の方向を見ているシェリー。

今言ったのは、心からの言葉だった。

彼女は真っ白なワンピースに身を包んでいた。

時季的にも少し暑くなってきているので、季節にあっていると思う。

そして二人で他愛《たあい》のない話をしていると、集合時間の五分前にソフィアがやって来た。

パタパタと走りながらやって来る彼女は、Ｔシャツにショートパンツとラフな格好だった。

でも、そのラフさがソフィアとよくマッチしていると思った。

「はぁ……はぁ……セーフ！　だよね？」

「はぁ。ソフィアはいつもギリギリなんだから」

「あはは。ごめーん！」

シェリーはため息を漏《も》らしているようだが、いつもこうなのだろうか……。

「まぁ、間に合ってるし大丈夫だよ」

「だよね！　ユリアはいいこと言うね！　む……むむ」

「どうかした？」

ソフィアはなぜか、僕の体をじっと見つめて来る。

「ユリアの制服姿は見慣れているけど、私服は新鮮《しんせん》だね」

「確かにそうかもね」

「よく似合ってるよ！　それに、意外としっかりと筋肉がついているようで……」

僕はシャツにパンツスタイルだけど、言われてみれば体つきがしっかりと見えるようなカッコになっている。

ソフィアが言及《げんきゅう》していた筋肉のことも、言われてみれば服の上からでも分かるのかもしれない。

「ソフィアもよく似合ってるよ」

「本当⁉」

「うん」

「えへへ。嬉《うれ》しいねー！　って、もしかしてシェリーも褒《ほ》めてもらった？」

「ま、まぁ……そうだけど」

「うんうん。ユリアはとてもいいね！」

バシバシと肩を叩かれる。

とてもいいね！　という意味はよく分からないが、ソフィアはどこか嬉しそうだった。

「よし！　じゃあまずはご飯でも食べようか！」

「いいわね」

「うん」

そうして僕らは三人で歩みを進めるのだった。

全員ともに、お昼からガッツリと食べたいというわけではないので、喫茶店に入るとサンドイッチと飲み物を注文。

「でねー、お父さんがさぁ」

「あはは。ギルさんは相変わらずだね」

「でも、それってソフィアのせいもあるんじゃない？」

「え……そうなのかなぁ」

談笑《だんしょう》に花を咲《さ》かせる。

久しぶりにこうしてソフィアとシェリーと話をしたので、とても楽しかった。

いや、厳密に言えば久しぶり……ということでもないのだろうが、ちゃんと話をしたのはといえば正しいのかもしれない。

ここ最近はずっと考え事をしていて、話をするにも上の空だったから。

「よし。じゃあ、次はあそこに行くよ！」

昼食を取り終えた僕らは、ソフィアに続いていく。

いつも以上に上機嫌《じょうきげん》でニコニコと笑っていた。

一方でシェリーは、少しだけもじもじとしていたのだが……。

「シェリー。どうかしたの？」

「え⁉　い、いや別に……」

先ほどから様子がおかしいので、どうかしたのだろうか。

「シェリーはきっと、ワンピースを着るのが初めてなんじゃない？」

前を歩いていたソフィアがくるっと振り返る。

「う……」

どうやら、ソフィアの指摘《してき》は当たっていたようだ。

「えっと。まぁ、その……あんまり似合ってないかな、と思ってるし」

「シェリー。そんなことないよ。ちゃんと似合ってるよ」

「ユリアはどうせ、みんなに同じことを言ってるでしょ？」

「そんなことは、ないと思うけど」

じーっと半眼で見つめられて、たじろいでしまう。

確かにそう言われてみれば、そうなのかもしれない。

でも、似合ってないと口にすることもできないし、ジレンマである……。

「まぁ、まぁ。そんなシェリーのためにいい場所に行こうと思ってるから！」

「いい場所？」

そして、そのままソフィアの後についていくと僕《ぼく》たちが到着したのは――。

「と、いうことでここでユリアの意見を聞こうと思って！」

「服屋？」

そう。

ソフィアの後についてやって来たのは、服屋だった。

ただし、女性ものを専門としているお店のようだが。

「えっと。僕も行くの？」

「もちろん！　男の子の意見も聞きたいし！」

「そ、そっか……」

正直なところ、あまり気乗りはしないけれど、ここで拒否《きょひ》しても仕方がないだろう。

せっかく三人で買い物をしに来ているのだから。

僕らは三人で服屋に入ると、キョロキョロと周りを見回す。

男性客は少しいるようだった。

といっても、客というよりは女性の付き添《そ》いのようだけれど。

「そろそろ暑くなってくるからね〜。何を選ぼうかな〜？」

ソフィアは一人で黙々《もくもく》と選んでいるようだった。

シェリーといえば、チラッと僕の方を見てくる。

「ユリアはどんな服がいいとかあるの？」

シェリーがそう尋ねてくるが、別に女性の好みの服装とかはない。

「別に似合っていれば、いいと思うけど」

「じゃあ、何が似合っていると思う？」

「うーん。女性の服装はよく分からないからなぁ……」

「じゃあ、指差しでもいいから。せっかくだから、その。ユリアの意見も聞きたいし」

「分かったよ」

僕とシェリーは二人で色々な服を見て回る。

シェリーがどっちがいい？　と意見を聞いてくるので、僕はそれに答える。

あくまで僕の主観だけど、シェリーは暖色系が似合う気がするんで、それを選択《せんたく》。

「スカートの丈《たけ》はどっちがいいかしら？」

「あんまり短いのはどうなんだろ」

「まぁ、そうよね。ちょうどいいくらいがいいのかも」

「あ。この何だろう、朝顔みたいなスカートはいいかもね」

「フレアスカートね。じゃあこれも買おうかな」

二人で色々と話をしていると、ニヤニヤと笑いながらこっちを見ているソフィアが視界に入る。

「ふふふ。二人とも、仲がいいね？」

「べ、別に……普通《ふつう》だし」

「うん。仲がいいのは当然だけど？」

「はぁ……シェリーはともかく、ユリアは天然だねぇ」

「？」

よく分からないが、その後はソフィアの服も僕が選ぶことになった。

「こっちはどう？」

「いいと思うよ」

「私、ショートパンツをよく穿《は》くんだけど、たまにはスカートもどうかな〜って思うんだけど。どれがいい？」

「むむ……」

長めのスカートと短めのスカート。

どちらを選ぶのか。

でも、活発なソフィアのことを考えれば、短めの方が似合っている気がする。

「短い方……かな？」

「やっぱりそう思う？」

「うん。動きやすそうだし」

「まぁ、中が見えないように気をつけないとね！　あはは！」

「えっと……そ、そうだね」

中が見えないように。

つまりは、下着が見えないようにという話だろう。

流石《さすが》にその話は気まずいので、僕は愛想《あいそ》笑《わら》いを浮《う》かべるしかなかった。

「よし。じゃあ、次は下着もあるけど……」

「それは流石に！」

「あはは！　わかってるよ！　ユリアはちょっと外で待ってて！」

「う、うん」

ということで解放された僕は服屋の外でしばらく待つことに。

そして、シェリーとソフィアが袋《ふくろ》を下げて服屋から出てくる。

「いい買い物だったよ！　ユリアも意見ありがとう！」

「ううん。力になれたらよかったよ」

僕らは残りの時間は、いろいろなお店を回ったりした。

もちろん全てのお店で何かを買ったわけではないが、こうして話すだけでも十分楽しかった。

そうしてそろそろ日も暮れようとした頃《ころ》、解散しようかという話になったが。

「よし！　じゃあ、そろそろ帰ろっか」

「そうだね」

「えぇ」

ここで解散になると思っていたが、ソフィアが急に「あ」ということを漏らす。

「そういえば、実はレストランを予約してたんだった！」

「え、そうなの？」

「うん。あーあ。でも、私はこの後お父さんと会う約束をしてたんだぁ……うーん。ここはユリアとシェリーに行ってもらおうかなぁ……本当に残念だけど……」

少しだけ棒読みなのは気のせいだろうか。

すると、ドンとシェリーがソフィアの肩《かた》に自分の肩をぶつける。


「ちょっとどういうこと！」

「私なりのプレゼントかな？」

「変な気を遣《つか》わなくていいの！」

「でも、嫌《いや》じゃないでしょ？」

「う……それはそうだけど」


二人でこそこそと話をしているが、断片的《だんぺんてき》にしか聞こえない。

「二人とも、どうかしたの？」

「ううん！　じゃあ、私は帰るからあとは二人でよろしくねー！」

颯爽《さっそう》と去っていくソフィア。

あまりの速度の出来事に、僕はぽかんとするしかなかった。

「はぁ……本当にソフィアってば……」

シェリーはため息をついていた。

「えっと、どうする？」

「せっかくだし、行きましょうか。幸いなことに、それほど遠くはないようだし。ユリアは時間大丈夫？」

「うん。でもそろそろ夜になるし、シェリーこそ大丈夫なの？」

「仮に遅《おそ》くなっても、ユリアが送ってくれるでしょ？　大丈夫よ」

「そうだね。じゃあ行こうか」

◇

ソフィアが予約していたというレストランにやってくる僕とシェリー。

ファミリー向けではあるものの、それなりに高めのレストランだった。

僕たちはとりあえず、ソフィアの名前を出してみると、無事に案内をされた。

二階の窓際《まどぎわ》の席で、街の明かりが綺麗《きれい》に見える場所だった。

「注文はどうしよう」

僕はどうしようか迷っていた。

このレストランはコースもある。

せっかくだから、コースを選んだ方がいいのかもと考える。

「いいんじゃない？　って……いい値段するわね」

じーっとメニューを見つめているシェリー。

でも、値段は気にしなくてもいい。今回は僕がシェリーの分も支払《しはら》う気でいたからだ。

「いいよ。僕が払《はら》うから」

「え⁉　でも、それは流石に悪いというか……」

「お金が余っているんだ。ここは使わせて欲《ほ》しい」

「余ってる？」

「うん。Ｓランク対魔師《たいまし》はそれなりにお金がもらえるからね。現金な話になるけど。せっかくだから、シェリーのために使いたいんだ」

「……ありがとう。じゃあ、お言葉に甘《あま》えるわね」

微《かす》かに笑《え》みを浮かべる。

お金はどれだけ貯《た》まっても、満たされることはない。

僕が求めているのは青空のある世界だから。

コース料理が続々とやってくる中、シェリーが真剣《しんけん》な顔である話題を切り出してくる。

「ユリアはその。最近はよく眠《ねむ》れてる？」

「うん」

どうしてシェリーがそんなことを尋《たず》ねてくるのか、理由はおそらく一つだろう。

エリーさんの死。

それだけではなく、以前の襲撃なども経て考えることが多くなったのだと思う。

一人で抱《かか》え込み続けていると、いずれ壊《こわ》れてしまうというベルさんの言葉を思い出す。

「まだ悩《なや》んでいるの？」

「悩んでいる……のかな。最近は考え事が多くなっちゃって……あはは」

頬をかきながら苦笑いを浮かべるシェリー。

冗談《じょうだん》交じりに言っているが、本気なのは分かっている。

だから僕がすべきことは、彼女《かのじょ》の力になることだろう。

「当然のことだよ」

「え？」

彼女はぽかんとした表情を浮かべる。

「悩むのは人として当然のことだ。それに、シェリーの優《やさ》しさでもあるよ」

「……ユリアは強いんだね」

シェリーは少しだけ遠くを見るように虚空を見つめると、ボソリと語り始めた。

「私ね、昔からずっと優秀《ゆうしゅう》だったの」

「僕は過去のシェリーは知らないけど、納得《なっとく》できる話だと思うよ」

「ううん」

彼女は首を横に振《ふ》る。

「私はただずっと、周りに流されるような形で優等生でいただけ。大義名分とか、そんなものは全くなかったの」

「……」

シェリーの顔は少しだけ寂《さび》しそうに見えた。

「それでずっと学生生活をして来て、気がつけば対魔師としてそれなりの地位にたどり着いていたの。そんな時、ユリアと出会った」

「僕と？」

「ええ。あの時の私は、正直言って少し傲慢《ごうまん》だったと思う。流されているとはいえ、私はちゃんと努力はして来たし、結果も残して来た。けどユリアに出会うことで分かったの」

「分かった？」

「ええ。黄昏《たそがれ》で戦う覚悟、かしら。それにその後には第一結界都市の襲撃があった。正直、私はどうしていいか分からなかった。震《ふる》えることしかできないと思ってたけど、ユリアが先陣《せんじん》を切って戦うおかげで私も立ち上がることができたの」

「……そうなんだ」

「うん。それから、ユリアのおかげで先生に出会うこともできたし、今はちゃんと目標を持って努力して進めている気がする。だからありがとう、ユリア。今回の件も、ちゃんと飲み込んで前に進んでいくわ」

柔《やわ》らかい笑みを浮かべる。

完全に振り切れたわけではないが、僕と話をしたことで多少は良くなったようだ。

僕としてもシェリーの力になれるのなら、これ以上嬉しいことはない。

彼女はかけがえのない仲間だから。

「いや、僕は何もしていないよ。シェリーなりに思うところがあったからこそ、行動できたんだよ」

「そう……かな？」

「間違《まちが》いないよ」

「ふふ」

シェリーはなぜか、微笑みを浮かべる。

「どうかした？」

「ううん。やっぱり、ユリアって不思議だなーと思って」

「不思議かな？」

「ええ。とっても。普段《ふだん》はちょっと頼《たよ》りなさそうに見えるけど、戦っている時は凄《すさ》まじい。それにあなたとは本心から話ができる気がする。さっきのことだって、本当はずっと胸の奥《おく》にしまっているはずだったのに」

そう言われて僕は嬉しかった。

今まで僕は救えない人ばかりに目を向けていた。

でもシェリーのように、少しは人のために戦えていると分かったから。

「僕もシェリーには素直に話せる気がするよ」

「そうなの？」

「うん」

「でも、ソフィアとか、リアーヌ王女とか、エイラ先輩《せんぱい》とも仲が良さそうじゃない？」

じーっと何かを確かめるように見つめてくるシェリー。

何だかここの言葉選びは間違えてはいけないような気がした。

「確かに仲はいいけど。こうした話をするのは、シェリーが初めてだよ」

「そ、そっか」

忙しなく髪《かみ》の毛《け》を触る。

毛先をくるくると弄《いじ》りながら彼女はチラッと僕の様子を窺《うかが》ってくる。

「……」

ベルさんの話を思い出す。

僕の見ている世界は、あくまで僕の主観でしかない。

ベルさんは心身ともに強い人だと思っている。

いや、思い込んでいると言えばいいのかもしれない。

でもベルさんだって辛《つら》い時はあったし、心が折れそうになった時もあったと言っていた。

シェリーも同じだし、僕も同じだ。

改めて、自分だけが悩んでいるわけではないし、弱いわけではない。

そう思うと少しだけ心が軽くなったような気がした。

「ユリア。ごめんね、こんな話になって」

「ううん。シェリーにその……そんな話をしてもらって僕も嬉しいから。信頼《しんらい》してくれてるって、分かるから」

「うん。ユリアは大切な仲間だよ」

コース料理が運ばれてくる最中、僕らは話を続ける。

そして最後にデザートが運ばれて来た。

チョコレートを使ったデザートで、とても美味《おい》しかったけど少しだけアルコールの風味があった。

　別に酔《よ》うほどの量ではないので大丈夫《だいじょうぶ》だったが、シェリーは少しだけ顔が赤くなっていた。

「シェリー。大丈夫？」

「ん？　何が？」

「今のデザート。アルコールが入ってたから。ちょっと顔赤いよ？」

「ホント？」

　自分の顔に触《ふ》れるシェリー。

「確かにちょっと熱いかも」

「お酒が飲める年になったら、シェリーは気をつけないとね」

「あはは。そうね」

　この時はただ笑って話をしていた。

　僕はまだ知らない。

　これから、予想もしなかった展開になってしまうことを。

「ふぅ。美味しかったね」

「えぇ」

帰路へとつく。

シェリーと二人で並んで歩みを進める。

「ユリア。ご馳走《ちそう》してくれて、ありがとう」

ペコリと頭を下げるシェリー。

僕としては、あまりお金を使う機会がなかったのでちょうど良かったのだが……。

「どういたしまして。それにさっきも言ったけど、使う機会があって良かったよ。貯まるばかりだと困るしね」

「ユリアらしいわね」

「そうかな？」

「えぇ。そう思うけど、とと……」

バランスを崩《くず》すシェリー。

僕は慌《あわ》てて彼女が転ばないよう受け止める。

「ごめんなさい。ちょっと目眩《めまい》が……」

「やっぱり最後のデザートが」

「うーん。どうなんだろう。酔ってるって感じでも、なさそうなんだけど……」

口調ははっきりとしているけど、足取りはおぼつかない。

正直なところ、ここから部屋に戻るにはそれなりの距離《きょり》がある。

どこかで休んでおきたいところだけど……。

そう考えつつ、僕は近道をして帰ることを選択。

もうすでに完全に日も暮れているので、早く帰った方がいいだろうということで人気《ひとけ》の少ない路地裏を進んでいく。

そしてちょうど大通りに出るとそこは……。

ホテル街だった。

宿泊施設《しゅくはくしせつ》は各結界都市に存在している。

ただし、ここはただのホテルではなく……恋人《こいびと》たちが利用する施設《しせつ》でもあったりして。

「はぁ……はぁ……」

歩いているシェリーはふらふらだった。

どうやら完全にアルコールが回ってしまっているようだった。

前回の先輩の時も同じようなことがあったが、今は本当にタイミングが悪いというしかない。

「シェリー。大丈夫？」

「う……うん。と言いたいところだけど、ちょっと休みたいかも……」

「休みたい、か」

どうする。

シェリーはまだ、ここがホテル街だということに気がついていないみたいだけど……。

「あ。ちょうどホテルがあるみたいだけど……」

どうやら気がついてしまったようだ……。

この結界都市の中にこのようなホテルがあることはシェリーも知っているはずだ。

「えっと。流石にまずいんじゃない？」

「何？　ユリアは私と入るのがやなの？」

「え？」

「いつも思うけど、ソフィアにも優しいし、エイラ先輩にもそうだし。それに、リアーヌ王女とも仲がいいわよね？」

「シェリー。まずは落ち着こうか」

「落ち着いてるわよ!!」

うん。

落ち着いている人間は大声を上げたりはしない。

でも今は正論を言っている場合ではないのは、僕も分かっている。

「いいもん。私は別に、いいもん……ぐす……」

あぁ。

ついに涙《なみだ》ぐんでしまった。

僕はオロオロとするしかなく、仕方なくシェリーの言葉に乗ってみることにした。

「えっと……少しだけ、休んでいく？」

ということで、僕らは一応宿泊《しゅくはく》する料金を支払ってホテルの一室に入ることに。

「……どうしよう」

僕はベッドに腰掛《こしか》けて、悩んでいた。

シェリーは体がベタベタする、と言ってすぐにシャワーを浴びに行ってしまった。

その間、彼女がシャワーを浴びる音が否応《いやおう》なしに聞こえてくるのだが、僕は頭を抱えていた。

もし、誰《だれ》かに見られていたら？

いやそんなことよりも、今はシェリーのことを考えるべきだろう。

酔っている彼女は何を考えているのだろうか？

別に休むだけなので、他意はないだろうが……果たして、僕はこのあとはどうしたら。

と、考えているとシェリーがシャワーを浴び終わったのか、部屋に戻《もど》ってくる。

「ふぅ。いいお湯だったわ～」

「そ、そう?」

「ええ。えへへ」

なぜかすり寄ってくるシェリー。

僕は避《よ》けるようにして、どんどん端《はし》の方に寄っていく。

「……なんで逃《に》げるの?」

「いやだって……」

いい匂《にお》いがするから、なんて言葉にはできなかった。

それに妙《みょう》に色っぽい気がするのだ。

魅力的《みりょくてき》というよりは、妖艶《ようえん》と形容した方がいいかもしれない。

目はとろんとしているし、備え付けのバスローブを羽織ってるシェリーの胸元《むなもと》が強調されている。

僕は彼女を直視しないように、じっとしているしかなかった。

「えへへ。ユリアの隣《となり》だぁ」

「……」

ついに壁際《かべぎわ》まで追い込まれてしまった僕はどうすることもできなかった。

シェリーはギュッと僕の腕《うで》に抱《だ》きついて、さらには頬をぴったりと僕にくっつけている。

「ねね。ユリア」

「えっと。何かな？」

「ユリアはどんな女の子がタイプなの？」

「ど、どうだろう。好きになったら、関係ないかもね？」

「へぇ。胸の大きさとかも？」

「そ、そうだね」

「へぇ。えへへ」

一体何の意図があるというんだ。

僕は意識をしないように、ぐるぐると思考を巡《めぐ》らせる。

そうだ。

こういう時は素数を数えるべきだ！

そうに違《ちが》いない！

その瞬間《しゅんかん》だった。

急に寄りかかっているシェリーが倒《たお》れる。

「シェリー⁉」

まさか気絶でもしてしまったのかと思い、僕は彼女の肩を揺《ゆ》らすが……。

「すぅ……すぅ……」

寝《ね》ているみたいだった。

それもとても幸せそうに。

「はぁ……」

僕はベッドに体を投げ出す。

シェリーは完全に寝てしまった。

エイラ先輩の時も思ったが、酔《よ》っ払《ぱら》いの相手をするのは本当に疲《つか》れる。

それも女性相手だと下手に刺激《しげき》するわけにもいかないので、色々と大変だ。

僕はシェリーをそっとベッドに寝かせると、自分はソファーで寝ることにした。

どうかいい夢が見られますように。


朝。

僕はソファーで寝たので、体が少し痛かった。

そのおかげで起きることができた。

時刻は朝の五時。

あまり人気《ひとけ》の多い時間に出ると、目撃《もくげき》されてしまう可能性もあるので早く帰った方がいいだろう。

「シェリー。起きて、シェリー」

「ううん……あと五分……」

「シェリー。早く帰らないと」

「う、うん……ってあれ、ユリア?」

「おはよう」

「え。夢よね?」

「現実だけど」

「嘘《うそ》」

と言って、シェリーは自分の頬をつねる。

ぎゅーっと、見ている僕が痛くなるほどに。

「痛いわ」

「うん。だって、夢じゃないし」

「待って。冷静になって、ユリア」

「僕は冷静だけど」

「もしかして、昨日の私の愚行《ぐこう》は夢じゃないの？」

「覚えてるの」

「……えぇ。最悪なことにね」

だらだらと冷《ひ》や汗《あせ》を垂らしているシェリー。

どうやら完全に酔いは覚めているようだった。

「ユリア！」

急に大きな声を出すので、僕はビクッと反応をする。

「昨日のこと、忘れなさい！　いいわね？」

圧倒的《あっとうてき》な圧力。

それは僕に肯定《こうてい》以外の言葉を許しはしない。

「えっと……うん。そうだね、忘れるよ。それと早く着替《きが》えた方がいいよ。その、胸元が
はだけているわけではない。

「……」

が、あと少しで胸がこぼれ落ちそうになっていたので流石に指摘する他なかった。
「きゃ……っ！」
バッと自分の胸元を隠《かく》すシェリー。
彼女は僕のことを睨《にら》みつけてくるのだった。
「ユリアのエッチ」
冤罪《えんざい》である。
僕としては、親切心で指摘したのにシェリーは不満そうだった。
そうして僕らはささっと着替えて、それぞれ寮《りょう》の自室へと戻っていくのだった。
帰る途中《とちゅう》。
会話はほとんどなく、シェリーは顔を赤くしていた。
酔っているわけではなく、それは……。
まぁ、僕もそれを指摘することはなかった。
だってきっと、僕の顔も赤くなっているに違いなかったから。
本日の教訓。
結局のところ、まだ僕には女心は全く理解できないようだ。
とほほ……。

◇

「ねぇシェリー」

「ど、どうかしたソフィア」

二日後。

月曜日になり、いつも通り学院が始まった。

ユリアはSランク対魔師としての任務があるということで、今日は学院を欠席している。

ちょうど今は、昼休みになったので二人で食事を屋上で取っている最中だった。

「あの後、どうだったの？」

「え、えっと……」

「私がアシストしたんだから、何かあったんじゃないの～？」

ニヤニヤと笑みを浮かべながら、シェリーに詰《つ》め寄るソフィア。

別にシェリーはユリアのことが明確に好き、といった感情をまだ抱いてはいない。

ただ特別な異性であることは、薄々《うすうす》と感じ取っている。

そのことをわかっているからこそ、ソフィアはシェリーのために色々と行動しているが、興味本位という側面もある。

夜に二人でレストランに行って、その後は……。

と淡《あわ》い期待をしているが、流石にあの二人ではそんなこともないか、とソフィアは思っていたが……。

「じ、実はその……あの後ホテルに泊《と》まることになって」

「ホテルに⁉」

ギョッとした表情を浮かべ、声を荒《あら》らげるソフィア。

無理もないだろう。

まさか二人の仲がそんなに進展するなど、夢にも思っていないのだから。

「別に何かしたわけじゃないのよ！　ただ、ちょっとレストランで食べたデザートにアルコールが入っていて、私が酔ってその……歩けなくなって。ちょうど目の前にホテルがあったから、泊まっていこうって話になって」

「……ごくり」

「やめてよ、その生々しい反応！」

「いやいや、これはすごい進展ですよ！　で、何もなかったわけじゃないんでしょ？」

「それは――」

シェリーはバツが悪そうに顔を背《そむ》ける。

何かしたわけではない、その言葉は事実なのだろうが、大なり小なり何かあったとソフィアは考えていた。

もちろんそれは、的中している。

「……ユリアに寄り添《そ》ったくらいよ」

「へぇ～。胸とか押《お》し付けて？」

「……」

「え、どうかした」

完全にフリーズしてしまったシェリー。

今のはソフィアなりの冗談だったのだが、それは不幸なことに当たっていた。

「う、うわあああ！　私を殺してえええ！　酔っていたの！　それだけなのおおおおおおお！」

シェリーは顔を伏《ふ》せながら、叫《さけ》び始める。

というのも、あの時の自分の犯《おか》した愚行を思い出してしまっていたからだ。

「え⁉　本当に⁉」

「わざとじゃないのよ！　いや、あれは私じゃないのよ！」

「そっか……そっかぁ……」

喚《わめ》いているシェリーのことよりも、ソフィアは彼女が思ったよりも大人の階段を順調に進んでいることに驚《おどろ》いていた。

ソフィアはその手の話題は、大好物である。

しかし、経験があるわけではない。

知識の全《すべ》ては書物や伝聞などで、実際に体験したわけではない。

それがこうして一番の仲のいいシェリーが先に進んでいることを知って、何だかソフィアは焦《あせ》りのようなものを感じていた。

もしかして、シェリーとユリアって意外と進んでいるのかも？

そう考えてしまうのも、無理はなかった。

「うう。これからどんな顔で、ユリアに会えばいいんだろう」

「うーん。残念だけど、ユリアって意外と普通《ふつう》な顔してそうだよね」

「そうよね。ユリアのことだから、普通に話しかけてきそうよね」

落ち込んでいるシェリーに対して何をすべきなのか。

考え込んだ末、とりあえずソフィアは前までとは違った行動を起こす。

「ま、まぁ……もう少しゆっくりでもいいんじゃない？　うん。うん。シェリーも色々とあって、テンパってるだろうし」

「そうかな？」

「そうだよ！　まぁ、今度は先走った行動はしないことだね！　それとお酒の類《たぐい》は絶対に厳禁で！」

「そうね。ありがとう、ソフィア」

「いえいえ、どういたしまして」

ソフィアは至極《しごく》当然のアドバイスをしたと思い込んでいる。

だが彼女は無意識のうちに、ユリアとシェリーの仲が進んでしまうことを危惧《きぐ》していた。

その理由は、シェリーに無理をさせないためなのか。

それとも……。

薄々自覚してきているシェリー。

自覚はないものの、何か漠然《ばくぜん》とした焦りを感じているソフィア。

果たして二人の恋《こい》模様はどうなっていくのだろうか。

◇

あれからさらに会議が行われ、来週より本格的に攻略《こうりゃく》作戦が開始されることになった。

また、作戦名はファーストライト作戦に決まった。

人類が初めて黄昏に大きく打って出るという意味を込めて付けたらしい。

今までの歴史の中で、Sランク対魔師が一つに集まることなどなかった。

多くても一つの都市に三人程度だったが、今回はほぼ全てのメンバーをSランク対魔師で構成して最前線で戦う。

また、Sランク対魔師に近いAランク対魔師の人間たちも召集《しようしゆう》されているらしい。

これだけでも今回の作戦がかなり本気度の高いものなのだとわかる。

今まではただ結界都市を守るために戦ってきた。

もちろんそれもとても重要なことなのだが、言うなればそれは旧態依然《きゆうたいいぜん》としたモノと化していた。

形骸化《けいがいか》とまでは言わないが、それでも僕《ぼく》たちは今の環境《かんきょう》のままでいい。心のどこかでそう思っていたのかもしれない。

だからこそ、軍の上層部は今回の作戦を実行することに決めたのかもしれない。

もう、立ち止まっている時ではないと人類に示すために。

これは大きな歴史の転換期《てんかんき》になるに違いない。

僕だけではなく、他の対魔師の人たちもそう言い聞かされている。

歴史の転換期。

結界都市で守るだけではなく、黄昏に進むことでいつか青空と、黄昏に侵《おか》された大地を取り戻す。そのことは、人類の歴史を大きく変えることになる。

そして僕は、Ｓランク対魔師としてその中心で活躍《かつやく》しなければならない。

僕は改めて誓《ちか》う。

絶対に、この世界に青空を取り戻すのだと。

「ユリア、ちょっといい？」

「先輩。何か用事ですか？」

あれから会議室を出て、街で一人で食事でも取ろうかと思っていた矢先にエイラ先輩が話しかけてくる。

「その髪、もう少し整えたら？」

「あ……それもそうですね」

そういえば、しばらく髪を切っていなかった。

別に大きな変化はないのだが、少しだけ量が増えている気がする。

「私が整えてあげるわよ」

「え、いいんですか？」

「実は私の髪は定期的に自分で切ってるから。任せてちょうだい」

「じゃあ、お願いします」

ぺこりと頭を下げる。

今日はこれから予定も特にないし、別にいいだろう。

食事は後回しにしよう。

今はそれほど空腹は感じていないし。

そうして僕は先輩の後についていくのだった。


「お邪魔《じゃま》します」

「そこに椅子《いす》置いておくから、座《すわ》っておいて」

「分かりました」

先輩の自室にやってくる。

前来た時と同じように、しっかりと片付けてあって清潔感がある。

「はい。これ被《かぶ》って」

エイラ先輩が大きめの布に穴を開けて頭を通すように促《うなが》してくる。

僕はそれを被ってそのまま椅子に座る。

先輩の方は、ハサミを持ってきてチョキチョキと音を鳴らしていた。

「下に紙を敷いてっと。よし、じゃあ切るわね」

「よろしくおねがいします」

「別にリクエストとかないわよね？」

「そうですね。髪型《かみがた》は変えずに、量だけ減らしてもらえば」

「りょうか～い。はーい、じゃあ切りますよ～」

なぜか口調が少し変だが、指摘《してき》するほどでもないだろう。

そして先輩は僕の髪にハサミを入れる。

パサっと下に落ちる髪を見ると、なんだか新鮮《しんせん》な感じがした。

「量が多いわね」

「そうですか？」

「ええ。私なんかよりも毛が太いし、男の子って感じね」

「へぇ。そうなんですか」

「もう少し定期的に髪を切りなさいよ？」

「はは。それもそうですね」

「はぁ。何だか、そうしない気がしてきたわ……」

「じゃあ、先輩が今後も切ってくれませんか？」

「え？」

一瞬《いっしゅん》の静寂《せいじゃく》。

先輩の手が止まってしまったので、僕は思わず振り返る。

「先輩、どうかしましたか？」

「いや、別に。まぁ、仕方ないわね！　ユリアがそこまで言うのなら、やってあげてもいいわよ？」

「お願いします。お金は払《はら》いますから」

「別にいいわよ。お金なんて」

「でも無料《ただ》で切ってもらうのは、流石《さすが》に悪いですよ」

「うーん。ユリアには食事でも奢《おご》ってもらおうかしらね？」

「そのくらいでいいんですか？」

「ええ。ユリアもわかっていると思うけど、Sランク対魔師《たいまし》の給料はかなり良いし。お金には困ってないわ。それに、どれだけお金があっても使う暇《ひま》もないし」

「その通りですね」

それから先はしばらく黙《だま》ったまま、作業が進行していく。

髪を切る音がとても心地《ここち》よかった。

そうか。

僕は過去に、父に髪を切ってもらっていたことを思い出した。

あの時も確か、こんな心地よさを僕は覚えていたと思う。

「よし、いい感じかも」

軽く触《さわ》ってみると、髪は適度に量が減っていた。

「もしかして、先輩はプロなんですか？」

僕は髪の毛を切る技術については全く知らない。

専門のプロが結界都市の中にいるのは知っているが、あくまでその程度の知識。

黄昏《たそがれ》に追放されている間も、自分でざっくりとブツ切りにしていたので、専門的な話は全くわからないが、先輩が詳《くわ》しいことだけは理解できた。

「そんな大したもんじゃないわよ。ただ自分で切ることが多かったから。特にSランク対魔師になってからは、髪を切りに行く時間もなかったし」

なるほど、と思いながら僕はチラッと下を見る。

少しだけ自分の髪の毛が溜《た》まっていた。

「ちょっと、下向かないで」

頭をグイッと掴《つか》まれて、強引《ごういん》に上に引き上げられる。

「すいません、ちょっと気になったので。あはは」

そう笑っていると、先輩がボソッと呟《つぶや》く。

「ユリアは出会ったときの長めも良かったけど、やっぱり短髪《たんぱつ》も似合うわね」

「そうですか?」

正直、自分に似合う髪型なんて気にしたことはなかった。

ただ邪魔にならない程度であれば良い。

その程度の認識《にんしき》だったので、先輩の言葉は何だか新鮮に思えた。

「ええ。きっとこれからもっとモテるんじゃない? 中性的な顔してるけど、短髪になって男らしさも出てきたし。知ってる？　軍の中にはあなたのファンクラブがあるのよ？」

「え？　何ですか、それ……」

ファンクラブ？

いや、その名前的にどのような存在なのかは分かっている。

確かに一部のSランク対魔師には熱狂的《ねっきょうてき》なファンのような存在がいるのは知っている。

一番有名なところだと、サイラスさんだろうか。

ベルさんも確か、男性に人気という話を聞いたことがある。

Sランク対魔師は人類の希望。

それと同時に、多少なりともアイドル的な側面があるのは周知の事実だった。

でもまさか、僕にファンがいるなんて。

ましてや、ファンクラブがあるなんて夢にも思っていなかった。

「ユリアに限らないけど、Sランク対魔師にはファンみたいな人がいるのよ。その中でもユリアは年上の女性に人気らしいわよ。可愛《かわい》いって有名よ」

可愛い？

僕はれっきとした男性であり、別にカッコいいと思われたわけではないが、可愛いと形容されるのはむず痒《がゆ》さを覚える。

「か、可愛いですか。女性の可愛いはあてにならないと聞きますが……」

そう。

確か女性は何にでも可愛いと言う傾向《けいこう》があることを僕は知っている。

この前シェリーとソフィアと出かけた時も、ソフィアが何にでも「可愛い！」と口にしていたが、僕にはあまり理解できなかった。

シェリーもまた、ソフィアの可愛いという声に理解を示していたし、僕にとっての可愛いと女性にとっての可愛いは大きな乖離《かいり》があるような気がしていた。

「ふふ、そうね」

エイラ先輩《せんぱい》はクスリと笑《え》みを漏《も》らす。

「確かに、みんな何でも可愛いって言うわね。私がこれって可愛いのって聞くと、みんな可愛いって言うし。でも、ユリアが可愛いっていうのはちょっとわかるかも」

「先輩まで、そんなぁ」

どうやら先輩は僕に味方してくれないようだ。

別に敵というわけでもないが、やっぱり先輩も女性ということらしい。

「ほら、そういうとこよ。でもこれからは可愛さよりも男らしさが目立つかもね」

「はは、そうだといいんですけどね」

その後、僕たちは適当に雑談をした。

先輩との会話はとても楽しく、時間を忘れてしまうほどだった。

「どう、ユリア？」

「いい感じですね。量も減って頭が軽い感じです」

「ふふん、そうでしょ？」

手鏡で自分の髪《かみ》の毛《け》を確認《かくにん》すると、そこにはそれなりのヘアスタイルをした僕がいた。

ブツ切りではなく、自然な感じに仕上がっており正直ここまでとは思ってなかった。

「あ、でも実は後ろの方が失敗して……」

「え⁉」

そう言われるので、手探《てさぐ》りで後頭部の髪を慌てて確認してみるが特に違和感《いわかん》はなかった。

「嘘よ」

ぺろっと舌を出して、ウインクをする先輩。

「何でそんな嘘を……」

「ユリアが慌てる姿を、ちょっと見てみたかったから？」

「そんなぁ」

「にしし！」

にっこりと笑う先輩。

僕はこんな日常がいつもあればいいな、そう思った。

でもだからこそ、僕は……僕たちは、こんなささやかな日常のためにこれからも戦い続けるのだろう。

◇

黄昏に支配された厳しい世界で人間は、なんとか人口を保っていた。

人魔対戦　終了《しゅうりょう》時は約四割ほど激減した人口だが、今はインフラなども安定しておりそれなりに回復している。

このような世界でも人は恋をして、そして夫婦《ふうふ》となり、子どもを産む。

また、それは対魔師とて例外ではない。

優秀《ゆうしゅう》な遺伝子を残すために、対魔師同士の結婚《けっこん》が推奨《すいしょう》されているものの自由恋愛《れんあい》であることに変わりはない。

そしてSランク対魔師の中に、恋について悩《なや》んでいる人間がいた。
それはエイラだった。
「ううん……寝れない……どうして」
いつもはSランク対魔師の任務などで忙殺《ぼうさつ》されているので、寝つきはかなり良い方だ。
しかし、ここ最近はなかなか寝付《ねつ》けない。
別に枕《まくら》が替《か》わってしまったので眠《ねむ》れないというわけではない。
エイラはそこまで神経質ではない。
ではなぜ、彼女《かのじょ》が寝付けないのか。
その理由は、ずっとユリアの顔が脳内に残っているからだ。
「ユリア……」
ボソリと呟く。
想《おも》いを馳《は》せる日々がここ最近は続いている。
ユリアは数々の戦いを経て、強くなっている。
エイラはユリアの近くにいることが多いからこそ、そのことを誰よりも理解していた。
一見すれば少し気の弱そうな少年に見える。
でも今は違う。

彼《かれ》は様々な経験を積んで、その心意気が固まったのか顔つきが違うと思った。

以前から兆候はあった。

ユリアとは話が合うし、互《たが》いに良い関係を築いている。

でもそれは先輩後輩《せんぱいこうはい》でしかない……そうだと思っていたが、改めて会うユリアは誰よりも輝《かがや》いて見えた。

悲壮感《ひそうかん》はあるものの、確かな意志を宿している双眸《そうぼう》。

それに惹《ひ》かれたと同時に、彼女は自分の胸に燻《くすぶ》っていた感情の名前に気がつき始めていた。

「うー、明日からどんな顔して会えば……」

明日は召集の日になっている。Sランク対魔師が全員集まるので、もちろんユリアと顔を合わせることになるだろう。

ここ最近は来週に行われる大規模な作戦の会議が幾度《いくど》となく行われているからだ。

「……あまり眠れなかったわ」

起床《きしょう》。

物の見事にエイラは十分な睡眠《すいみん》を取ることができなかった。

それでも朝はやってきて、いつものように戦う必要がある。

幸い、今日は会議だけなので寝不足《ねぶそく》でもそれほど問題はないのだが。

「あ。エイラ先輩どうも」

「シェリーじゃない。おはよ」

ばったりとシェリーと出会う。

ちょうど二人で学院へと歩みを進めていく。

Sランク対魔師として、エイラはもうほとんど学院に行く必要はない。

ただ最近は裏切り者の件などもあるので、調べ物をするためにも学院の図書館に行くことが多い。

「そういえば、ユリアが最近少し髪を切ったみたいで。まぁ、大きな変化はないんですけど。先輩は知っていますか？」

シェリーとしては、何気ない世間話のつもりだった。

だが、それは思いもしない方向に進むことになる。

「ええ。だって、私が切ったもの」

「え……そうなんですか？」

まるで時が止まったかのように、シェリーはピタリと立ち止まる。

「どうかしたの？　シェリー」

「いえ……別に」

軽く走ってエイラの隣《となり》に追いついてくる。

ただ焦っているのか、彼女は忙《せわ》しなく周囲をキョロキョロと見回していた。

「どうしたのシェリー」

「その……エイラ先輩って、ユリアとどういう関係なんですか？」

こそっと耳打ちをしてくるシェリーに対して、エイラは考える。

ユリアとの関係性。

簡単に言ってしまえば、先輩と後輩《こうはい》だろう。

それ以上でもそれ以下でもない。

だがそう考えると同時に、微《かす》かに胸にある違和感をエイラは覚える。

「普通に先輩と後輩だけど？」

「そっかぁ……そうですよね！」

妙《みょう》に喜んでいるシェリーを見て、どうしてだろうか。

エイラはなぜか見栄《みえ》を張ってしまう。

「でもそうね。私の部屋に来たり、ユリアとは特に仲がいいかも」

「そ、そうなんですか？」

「ええ」

先輩風《せんぱいかぜ》を吹《ふ》かせているつもりではないのだが、シェリーは彼女に対して反抗心《はんこうしん》のようなものを抱《いだ》いてしまう。

「でも、私もユリアとは仲がいいですよ？　この前は二人でホテルに行きましたし」

「ホテル⁉」

「はい」

牽制《けんせい》する二人。

薄々気がつき始めていた。

もしかすれば、目の前にいるのは恋敵《こいがたき》なのかもしれない……と。

「じゃあ、私はこっちだから」

「はい、先輩。失礼します」

ペコリと頭を下げて去っていくシェリーのことを見つめる。

まぁ気のせい、気のせいよね……。

エイラは今はそう考えて、図書館へと足を向けるのだった。

◇

「ありがとうございました」

シェリーは納刀すると、ベルに向かって頭を下げた。

「お疲《つか》れ様《さま》。シェリーちゃん」

「先生、私は強くなっていますか？」

「うん。あなたはもっと強くなるよ。絶対に」

ベルはシェリーに正直には伝えていないが、実際にはシェリーの成長にかなり驚いていた。

基本的な剣術《けんじゅつ》を叩《たた》き込み、あと数年もすれば秘剣《ひけん》を教えてもいいかもしれない。

そう思っていたのだが、今のシェリーから見るに秘剣を教えるのは数ヶ月後でもいいかもしれない。

そう思うほどには彼女は成長していた。

「それじゃあ、今日はここまで」

「はい。いつもありがとうございます」

日程が合う時はこうして、稽古《けいこ》をつけているがベルはシェリーを弟子《でし》にとって良かったと心から思っている。

いつかこの才能が開花すると信じているのだから。


シェリーは召集がかかったので、出勤していた。

彼女は学生としてだけではなく、対魔師としての活動も増やしていた。

上の判断としても、シェリーの強さはベルの推薦《すいせん》もあるので黄昏での任務をこなすようにもなっていた。

「シェリー、おはよ」

ばったりとユリアと出会うシェリー。

彼女はその時、ユリアの変化に気が付く。

「ユリア、髪切ったの？」

「よく気がついたね。そんなに変わってないのに」

「まぁその。ちょっと軽くなったかな、と思って」

「ありがとう。そう言ってもらえて良かったよ」

「うん。いいと思う」

何気ない会話だが、その実……シェリーは平静を保っていた。

そう、内心はパニック状態であったのだ。

（は⁉　髪切ってる⁉　え、どゆこと⁉）

上辺では軽くユリアの髪について触《ふ》れるだけ。

それでも内心は焦るばかり。

なぜ彼女が焦っているのか、それは……。

（めっちゃカッコよくなってる……⁉　そんなに変化はないはずなのに、妙にカッコよく見えるのはなぜかしら）

一見すれば大きな変化はない。

髪型が変わるくらいバッサリ切ったわけでもない。

ただし、見る者が見れば分かる程度の変化。

だがそんなユリアは、シェリーにとって輝いて見えた。

（お、落ち着きなさい……こ、これはただの動悸《どうき》……別に異常なんてないのよ……）

そう自分を落ち着けて、彼女はユリアと別れるのだった。

◇

「ふーん、ユリア髪切ったんだぁ〜。見てみたいな〜。カッコ良かった？」

「普通に良かったわよ」

「え。シェリーが素直《すなお》にそう言うなんて」

あれからシェリーは食堂にやってきていた。

そんな矢先、彼女はソフィアと出会った。

二人は同じテーブルに着くと、いつものように食事を取りながら会話をする。

「私だって素直な時くらいあるわよ」

「ふーん。そっか」

と、二人で食事をしているとソフィアは視界にユリアがいることに気がついた。

ただ、今はなぜだか個人的にユリアと話をしたいと思っていたソフィアは、手早く昼食を済ませると、立ち上がる。

「じゃ、私はこれで！」

「え、早いわね」

「うん！　ちょっとねー！　じゃ！」

ソフィアはちょうど視界から消えていったユリアを追いかけると、ポンと肩《かた》を叩くのだった。

「ヤッホー！」

「？　ソフィア。どうかした？」

「ううん。ただユリアがいたから！　それにしても、髪切ったんだね」

「うん。伸《の》びきっていたから」

「うんうん。似合ってるよ！」

じーっとソフィアはユリアのことを見つめる。

「……あ！　そうだ。ちょっと買いたいものがあるんだけど、今って暇？」

「時間はあるけど」

「じゃちょっと付き合ってよ！　すぐに終わるから！」

「いいけど……」

◇

「……重い」

「ははは、ごめーん。買いすぎたね～」

ばったりとソフィアと出会った僕は、彼女と二人きりで街に出てきていた。

今まではシェリーも一緒《いっしょ》にいることが多かったけど、ソフィアと二人きりなのはとても新鮮だった。

あれから二時間ほど街で買い物をした僕らは、手に大量の荷物を持っていた。

ソフィアの購買《こうばい》意欲は凄《すさ》まじく、あれやこれやと次々に様々なものを購入《こうにゅう》。

僕とソフィアで手分けしてもかなり一杯《いっぱい》になっているほどだ。

別に身体強化を使うまでもなく、この程度の重量ならば普通に持って帰れるが……なんか視覚的に重い。

この量を両手に提げているだけで気分が重くなる、そんな感じだった。

「ユリア、ちょっとあそこ寄って行こうよ」

「どこ行くの?」

「ほら、あそこ」

そう言って、彼女はある場所を指差す。

「川？」

「うん。少し涼《すず》んでいこうよ」

「わかったよ」

僕とソフィアは荷物を持ちながら、近くにある川の方へと近寄って行く。

ちょうど近くには小さな川が流れている。

僕らは川辺に着くと、そのまま荷物を下ろす。

僕はその場に座ろうと思うも、ソフィアは何やら地面を見つめている。

「何か探してるの？」

「石！」

「石？」

「うん。久しぶりに水切りでもしようかなって」

「なんか懐《なつ》かしいね」

「競争しない？」

「いいけど……僕、多分下手だよ」

「いいの、いいの。こういうのは一緒にやるから意味があるんだよ」

と、促されるので僕もよく水が切れそうな石を探す。

幼い頃《ころ》にはよくやった記憶《きおく》があるも、僕はとても下手くそで回数は十回にも満たなかった気がする。

「じゃあいくよ～」

「お手並み拝見といこうか」

「よっと！」

ソフィアが綺麗《きれい》なアンダースローで石を投げると、水の上を石が跳《は》ねていく。

一回、二回、三回と跳ねていき……十五回ほど跳ねたところで石は水の中に沈《しず》んでいった。

「う～ん。二十回はいけると思ったけどな～」

「うまいね、ソフィア」

「まぁね～。じゃ、次はユリアの番ね」

「おっけい」

僕は見つけた薄《うす》い石をソフィアと同様にアンダースローで投げると、石は水面を駆《か》けていく。

昔は下手だったけれど、今の僕は色々と器用になっているのかと思った。

というのも、その石は二十回ほど跳ねて沈んでいったからだ。

「あー、負けちゃったかー」

「……昔は十回もできなかったけど、上手《うま》くいくもんだね」

「なんだ～、嫌《いや》みかぁ～？」

「い、いやそう言うわけじゃないけど……なんだか成長したんだなって。といってもただの水切りだけど」

「私は、お兄ちゃんとよくやってたんだ」

「お兄さんか……」

僕は、行方《ゆくえ》不明になっているソフィアのお兄さんの話を思い出していた。

「うん。もういなくなって長い時間が経《た》つけど、時折一人でこうして水切りをして……思い出してるんだよね」

「そうなんだ」

「私はお兄ちゃんの分も黄昏で戦い続けるよ。それに、ユリアたちも一緒にいるしね」

「うん。一緒に戦って行こう」

「おっしゃー！　頑張《がんば》るぞ！　よし！　もう一回勝負！」

「望むところだ！」

そうして僕とソフィアは年甲斐《としがい》もなく、水切りでしばらく遊ぶのだった。

◇

(今日は買い物でも行こうかしら)

エイラはちょうど街に買い物でも行こうかと思っていた。もちろん軍からの支給品などはあるも、個人的に持っておきたいものなどはある。

今回の作戦は泊《と》まり込みになると聞いている。

そんな時に対魔師の男性陣《だんせいじん》と、特にユリアと一緒になる可能性もある。その時に最低限でも身だしなみは整えておきたい。

エイラはそう考えて街に繰《く》り出すのだった。

「……」

じっと一点を見つめるエイラ。

この日は偶然《ぐうぜん》にも作戦に参加する対魔師の多くが街へと繰り出していたのだ。

エイラはそんな中、なんとユリアを発見した。

いつものように声をかけようとするが、なんとユリアはソフィアと一緒に笑いながら歩いているのだ。

「あれ？　もしかしてエイラ先輩ですか？」

後方から声をかけてくるのはシェリーだった。

彼女もまた他《ほか》の対魔師と同じ理由で街に来ていたのだが、壁《かべ》から半分顔を出すようにして先を見ているエイラを発見。

状況《じょうきょう》はイマイチ分からないが、シェリーはエイラに話しかけることにしたのだ。

「シッ！　静かに……！」

「ど、どうかしたんですか？」

「あれあれ」

小声でそう言うと、エイラは二人のいる場所を指差す。

「あれってユリアと……もしかしてソフィア？　さっき慌《あわ》てて出て行ったけど、ユリアと一緒だったのね」

「そうみたいね」

「話しかけないんですか？」

「もしかして……ソフィアがユリアを狙《ねら》っているかも。敵はリアーヌだけじゃないみたいね……」

「え⁉」

その反応を見て、エイラは確信する。

シェリーもまたユリアに気があるのだと。彼女は薄々《うすうす》そのことには気がついていたし、今までの会話でもそう結論づけていた。

「シェリー、ユリアをつけましょう」

「えっと、どうしてですか？　普通《ふつう》に話しかければいいのに」

「知りたくないの？　ユリアの女性関係について」

「……！」

電撃《でんげき》が走ったような表情をするシェリー。

シェリーは色々と純粋《じゅんすい》な面があるので、水面下で行われている駆け引きなど全く知らなかった。

エイラは少しだけ悲しい気持ちになるも、そのまま話を続ける。

「気になるでしょ？」

「た、確かにそうですけど……」

「今のユリアなら女なんか入れ食いよ、入れ食い」

「い、入れ食いですか……」

「そ。だからこそ、爛《ただ》れた関係を持っていないか監視《かんし》する必要があるの。ユリアはもうSランク対魔師。それ相応の振《ふ》る舞《ま》いが求められるのだから！」

「……なるほど。確かにそうですよね！　なら監視も仕方ないですね。うんうん、仕方ないですね！」

「ふふ。物分かりのいい子は好きよ」

　ということで、それっぽいことを言っているようで意味不明の理屈《りくつ》でシェリーを丸め込むと、二人は早速《さっそく》ユリアの後をついていくのだった。

◇

「これ美味《おい》しいですね！」

「……しっ、今声を聞いているから」

「？　こんな距離《きょり》で聞こえるんですか？」

「ユリアとソフィアの声だけ拾うようにしてるの」

「魔法《まほう》ですか？」

「そうよ。ま、元々は別の用途《ようと》で使うものなんだけど」

「へぇ～。先輩はすごいですね」

シェリーがバクバクとケーキを頬張《ほおば》っている最中、エイラは二人の会話を盗聴《とうちょう》していた。

こんなことをするなんて、いいのだろうか。

そう思わないこともないが、やはりユリアがソフィアと何を話しているのか気になる。

ソフィアは活発で、ユリアと仲がいい。

何よりもエイラは女性としてソフィアのことを魅力的《みりょくてき》に思っているからこそ、二人の同行がかなり気になっているようだった。


『へぇ～、ソフィアもカレー好きなんだね』

『うん。自分で作ったりもするよ』

『自分で作るって、スパイスとか買ってですか？』

『今度食べる？　パパもユリアに会いたいって言ってたし』

『いいの？』

『いいよ。今度またうちに来なよ』

『いやぁ～、楽しみだなぁ』


瞬間《しゅんかん》、エイラの持つ紅茶がピキピキと凍《こお》りついていく。

「ちょ、凍ってますよ！」

「おっと……ごめん、ごめん。少しイラついちゃって」

「ど、どうしたんですか？　何かすごいことでも話していたんですか？」

「いや、なんでもないのよ？」

嘘《うそ》である。

彼女にとっては重大な、そう重大なことである。

もちろん日程も特定して邪魔《じゃま》をするというよりも……エイラもその御相伴《おしょうばん》に与《あずか》ろうとすでに予定を立てている。

「出るみたいね。いくわよ、シェリー」

「もぐもぐ……あ、待ってくださいよ！」

シェリーは残っているケーキを一気に口の中に放《ほう》り込むと、飲み込む間も無くその後を追いかけるのだった。

「ユリアって、女性の友人多いわよね」

「まぁそうですね。男の友達が欲《ほ》しいってたまにボヤいてますけど」

「……それにしても今度はソフィアとはね。むむむ」

「せんぱーい。お腹《なか》すきました……」

「そこの売店で買って来なさい。私は二人を見てるから」

「ありがとうございます！」

シェリーの底なしの食欲に辟易《へきえき》しながらも、エイラはユリアを見つめ続ける。

だが今度はかなり厄介《やっかい》だった。

ソフィアの買い物する量が多く、めまぐるしく様々な店に入っては何かを購入。

それをユリアが持って、そしてソフィアも持つ。

そうして二人の手が一杯になったところで二人は寮《りょう》へと移動していく。

会話は全《すべ》て聞いていたものの、ソフィアからユリアに何かアプローチをかける様子は全くなく、完全に杞憂《きゆう》だとわかってエイラはホッとする。

どうしてホッとしているのか、まだその一番の理由は把握《はあく》してないようだが。

「まぁ今日はもういいかしら。というよりも、自分の買い物しないと」

「もぐもぐ。エイラ先輩の買い物ですか？　付き合いますよ」

「ねぇ、ずっと食べてるわね」

「うーん……なんか例の件を経たせいか、妙に燃費が悪くて。先輩はそんなことないです？」

「ないわね」

「いいですねぇ……私は近接戦闘《せんとう》型で運動量が多いからなんでしょうか。太ったらどうしよう。先生との特訓で妙に食べるようになって」

「太るわけないわよ。それにすぐに満足に食事が喉《のど》を通らなくなるわよ」

「それもそうですね」

二人が言及《げんきゅう》しているのは大規模な作戦のことだ。

おそらく黄昏《たそがれ》にいる期間は割と長くなるだろう。

今回は一応、シェリーも参加するように要請《ようせい》されている。

前線に出ることはないだろうが、それ相応の覚悟《かくご》をする必要はある。

「先輩《せんぱい》、行きましょう」

「そうね」

エイラはチラッとシェリーの横顔を見つめる。

今まで後輩はいなく、孤独《こどく》なことが多かった。

でも今はユリアを含《ふく》めて、とても好きな後輩ができた。

今日も半ば強引《ごういん》な形だったのに彼女は付き合ってくれた。

エイラはそのことにとても感謝していた。

「ねぇシェリー」

「なんですか？」

「ありがとう」

「？　何に対してですか？」

「なーいしょ！」

そしてエイラもまた、シェリーの後を追うようにしてその場から駆け出していくのだった。

◇

「ユリアさん。お久しぶりです」

「リアーヌ王女。本日はわざわざお時間を作っていただき、ありがとうございます」

「いえ、私の方も今回の件についてはしっかりとお話をしておきたいと思っていましたので」

僕《ぼく》はリアーヌ王女のもとを訪ねに来ていた。

もちろん理由は裏切り者の件について。

ベルさんを通じて彼女と話をしたい、ということで今日は軍の施設《しせつ》の中にある会議室にいる。

「ベルさんも、来てくださってありがとうございます」

「……ううん。ユリア君には私もお世話になっているから」

「いえ、そんなことは」

席につく。

僕の対面にはリアーヌ王女とベルさんが並んでいる。

リアーヌ王女とベルさんは軍の中でも諜報部《ちょうほうぶ》として活動している。

そして裏切り者についての情報を最も集めているのは、この二人だろうと僕は思っていた。

「そういえば、ベルからの件。お聞きしましたか？」

「えっと……僕とエイラ先輩以外、信用していないという話ですか？」

「はい。ベルと幾度となく話をしましたが、今のところあの襲撃《しゅうげき》で室内に囚《とら》われることのなかったお二人がいなければ、確実に第一結界都市は落とされていました。だからこそ、お二人の可能性は限りなく低いと思っています」

「なるほど……それで、裏切り者の捜査《そうさ》は進んでいるのですか？」

「ええ。まずはこちらの資料に目を通してください」

一枚の紙を渡《わた》される。

そこには、エリーさんの死の概要《がいよう》が記述されていた。

「すみません。あまり気分の良いものではありませんが、彼女の死を避《さ》けることはできないので」

「理解しています。それに、僕は大丈夫《だいじょうぶ》です」

「それでは話を進めますね」

リアーヌ王女もまた、同じ資料に目を通して、話を続ける。

「まずは改めて死因ですが、腹部から出血大量による失血死。傷跡《きずあと》から見るに、鋭利《えいり》な刃《は》物《もの》。または魔法と見て間違《まちが》いないでしょう。ただし、魔素《まそ》が全く残っていないことから、犯行にはナイフなどが用いられたと思われますが……」

「魔法を使っていないのですか？」

「ええ。今のところ、その兆候は全くありませんでした」

「そう……ですか」

僕は顎《あご》に手を当てて、考え込む。

僕はあれから、結界都市内で起こった殺人事件について調べていた。

Ｓランク対魔師の権限があれば、様々な事件を容易に調べることができた。

その中でも、魔法を使える人間は魔法によって殺人をすることが殆《ほとん》どだ。

魔法による利点はやはり、目立った凶器《きょうき》が残らないという点にあるだろう。

ただし、魔素は残ってしまうので専門の対魔師が見れば、一目瞭然《いちもくりょうぜん》ではあるのだが。

今回の件に限っていえば、僕はてっきり魔法によってエリーさんは殺されてしまったと思っていた。

だが、本当に違《ちが》うのか？

「……ユリア君は疑問に思っているよね？」

「ベルさん。そうですね。裏切り者は魔法に精通しているのは間違い無《な》いと思っています。第一結界都市の結界を解除したのもありますし。もしかして、相手は複数人いるのでしょうか？」

「それは分からないけど……私とリーアヌ様は相手は魔法を使っていても、魔素を残していない可能性も考えてる」

「そんなことが可能なのですか？」

魔法を使えば、魔素は絶対に残ってしまう。

そんな常識的なことは、対魔師の間では共通認識《にんしき》となっている。

「……うん。私もできないことはない。ただかなりの技術が要求されてくるのは間違いないの。相手は魔法を使っていないと見せかけたい。でも裏を返せば、そんな技術を使えると仮定すれば、やっぱりSランク対魔師は自然と候補に挙がってくる」

「そう……ですか」

軍の上層部。

またはSランク対魔師。

信じたくはない。

が、そんなことを言っている場合ではないことも分かっている。

ベルさんはその中でもSランク対魔師の可能性が高いと思っているようだ。

「ユリアさん。私は、犯人はSランク対魔師の可能性が高いと思っています。少なからず、エリーさんを殺したのは、そう考えるのが自然かと」

「自然、ですか」

「はい」

リアーヌ王女は一呼吸置いてから、再び口を開く。

「研究者であっても、彼女《かのじょ》はSランク対魔師。それなりの戦闘能力はありますし、魔法力も卓越《たくえつ》しています。そんな彼女が抵抗《ていこう》した様子もなく、殺害された」

「そんなことができるのはSランク対魔師だと？」

「はい。私はそう思います。ただし、裏切り者が一人とは断定できませんが」

「それはそうですね」

「すでにベルから話は聞いていると思いますが、私たちが頼《たよ》れるのはユリアさんとエイラだけです。後の人間は誰《だれ》が敵かは不明です」

「……だからこそ、早急《さっきゅう》にこの件に決着をつけるべきだと」

「話が早くて助かります」

「いえ。ベルさんが刺《さ》し違えてでも、裏切り者を見つけるとおっしゃっていたので」

「え？」

ぽかんとした表情を浮《う》かべるリアーヌ王女。

一方でベルさんは非常に気まずそうな顔をしていた。

「ベル。どういうこと？」

「……言葉の通りです。今回の件、見過ごすわけにはいきません。人類が進むためには、早く処理すべきです」

「だからって、あなたが死んでは意味がないでしょう？」

リアーヌ王女の声音《こわね》には、わずかに怒《いか》りが含まれている気がした。

「……でも、私の剣技《けんぎ》はシェリーちゃんに引き継《つ》ぎつつあります。彼女には才能があります。私と同じか、それ以上の剣士《けんし》になるかと」

「もしかして、弟子を取ったのもいつ自分が死んでもいいように、って意味なの？」

「……以前からお話をしていますが、私はSランク対魔師序列二位。最近は黄昏危険区域に行く機会もかなり増えました。いつ死んでもおかしくありません。だからこそ、準備はしておくべきかと」

「自分がいなくなった後の準備？」

「そうです」

「……ベル。あなたは死なない。ずっと昔に約束したでしょう？」

僕は黙《だま》って見ることしかできなかった。

だって、リアーヌ王女はあまりにも悲しそうな顔をしていたから。

確かベルさんとリアーヌ王女の付き合いはかなり長いとか。

リアーヌ王女が物心つくときには、ベルさんは彼女の側にいたらしい。

「もちろん、死ぬつもりはありません。でも後続に引き継げるものは、引き継ぐべきかと」

「分かっているけれど……刺し違えてでも、なんて今後は言わないで。絶対にそんなことは許しはしないから」

「申し訳ありません。以後気をつけます」

感情的になっているのは、リアーヌ王女本人も分かっている。

けれど言わずにはいられなかったのだろう。

僕だってベルさんに死んで欲しいなんて思っていない。

いや、これから先誰にだって死んで欲しいとは思っていないのだから。

「こほん、では話を戻《もど》します」

「はい」

「来週、新しい大規模な作戦が行われるのは知っていますね？」

「はい」

「ユリアさんには他のSランク対魔師の動きを追って欲しいのです。おそらくあなたは、サイラスと同じ班になると思うので」

「サイラスさんを監視して欲しいと？」

「ええ。他のSランク対魔師は、ベルと私。それにエイラにも協力してもらいます。今回のファーストライト作戦。人類にとっては結界都市に追い込まれてから、初めての大規模な作戦になります。土地を完全に奪還《だっかん》するわけではありませんが、各場所に黄昏結晶《トワイライトクリスタル》を埋《う》め込むことで通信ができるようにします。今までは、黄昏危険区域に行けば通信も何もできませんでしたから。そうすれば、ゆくゆくは駐屯《ちゅうとん》基地なども設立できるかもしれません。人類は初めて、黄昏から土地を奪還できる機会を得るのです」

「そうですね。そのためにも、絶対に成功させなければなりませんね」

「ええ。でも、相手も今回の作戦をただ茫然《ぼうぜん》と見過ごしてくれるわけはないでしょう。妨《ぼう》害《がい》をするのか、それとも研究に関《かか》わる人間をさらに殺すのか。ともかく、今後の動きはしっかりと考えなければなりません」

「……」

今後の動き、か。

全ての人間を疑った上で作戦を実行しなければならない。

それから話は続いていくのだが、途中《とちゅう》で部屋の扉《とびら》がノックされる音が響《ひび》く。

「どうぞ」

リアーヌ王女が凛《りん》とした声で入ってくるように促《うなが》す。

そして、やってきたのはエイラ先輩だった。

「ごめんなさい。ちょっと急な任務が入って、遅《おく》れちゃって」

今日は実は、エイラ先輩も来ることになっていたのだ。

僕は特に急ぎの任務はなかったのだが、先輩は違ったようだ。

「いいのよ、エイラ。改めて話をするから」

「ありがと、リアーヌ」

確かエイラ先輩とリアーヌ王女は幼なじみと聞いている。

リアーヌ王女がフランクに接しているのは、なんだか新鮮《しんせん》だった。

その後、先輩を含めて今後の立ち振る舞いについて僕らは議論を重ねた。

現状できることは、怪《あや》しい人間を見張ることしかない。

僕、エイラ先輩、ベルさん。

この三人でSランク対魔師を注視し、作戦の間は結界都市から出る予定のないリアーヌ王女は独自で捜査を進めるという。

ともかく、僕らも僕らでやることを明確にするのだった。

◇

「ユリア君……良かったら、少し稽古《けいこ》しない？」

「いいのですか？」

無事に話し合いも終わり、帰ろうとしているときにベルさんに声をかけられる。

リアーヌ王女は王族としての公務が残っているらしく、すでにこの場から去っている。

「うん。時間もあるし、それにユリア君の力の使い方も、もう一度確認《かくにん》しておきたくて」

「？　確認、ですか？」

「うん……じゃあ、演習場に行こうか」

ベルさんのあとをついていこうとすると、僕の隣《となり》にはエイラ先輩も一緒についてきていた。

「ベル。私も一緒でいい？」

「いいけど……もしかして、エイラちゃんは魔道具の調整？」

「ええ。今回の作戦はかなりの規模になるし、使おうと思って」

「分かった。じゃあ一緒に行こうか」

「ありがと。私はちょっと魔道具を持ってくるから、二人で先に行ってて！」

「うん……分かったよ」

　エイラ先輩は足早に去っていってしまう。

「魔道具、ですか？」

「あぁ、そっか……ユリア君は魔道具を使わないよね。確か」

「そうですね。僕の場合は、魔法を主体にしているので」

　ベルさんと話をしながら、演習場へと向かう。

　魔道具。

　それは魔法の力を込められた特殊《とくしゅ》な武器の総称《そうしょう》である。

　もっとも、魔道具を使用するのは高位の対魔師に限られる。

　魔道具の生産がそもそも少ないのと、魔道具を完璧《かんぺき》に扱《あつか》い切れる対魔師が少ないのが主な理由だ。

僕も存在自体は知っている。

直近で目撃《もくげき》した魔道具といえば、サイラスさんのワイヤーなどはそれに当てはまる。

それにベルさんが腰《こし》に差している剣。

ただの剣ではなく、名称《めいしょう》は……。

「私の場合は、魔剣《まけん》だね。師匠《ししょう》から受け継いだものだよ」

トントン、と腰に差している剣を叩《たた》く。

魔剣。

結界都市に一本しか存在しない特殊な剣。

その真価は知らないが、伝聞ではとてつもない威力《いりょく》を発揮するという。

色々と話をしているうちに、僕らは軍の施設の一つである演習場に到着《とうちゃく》した。

「じゃあ、模擬《もぎ》戦でもしようか」

「はい」

「魔剣の力は解放しないけど、一応これで戦うね」

「分かりました。僕はいつも通り、黄昏刀剣《トワイライトブレード》でいきます」

「……うん」

互《たが》いに腰を低くして、様子を窺《うかが》う。

以前もベルさんに稽古をつけてもらったが、やはり隙《すき》という隙が全く見当たらない。

ベルさんは完全に近距離《きんきょり》の戦闘に特化している対魔師。

その実力は、近距離に限ってしまえばサイラスさんを上回るという。

「……」

一挙手一投足を見逃《みのが》さないように、じりじりと距離を詰《つ》めていく。

そして――僕は思い切り大地を踏《ふ》み締《し》めて、距離を詰めていく。

「ハア！」

一閃《いっせん》。

展開した黄昏刀剣《トワイライトブレード》を上段から振るうが、完全に避けられてしまう。

が、そこで終わりではない。

僕は新しく左手から黄昏刀剣《トワイライトブレード》を生み出すと、ベルさんの死角からそれを振るった。

しかし……。

「……悪くはない、けど惜《お》しいね」

「これでも無理かッ！」

思わず声を漏《も》らす。

そう。

ベルさんは僕の攻撃《こうげき》をいなすだけで、あっさりと避けてしまった。

おそらくは視界だけを頼って戦闘をしていない。

以前からその兆候はあったけれども、今こうしてはっきりと分かった。

僕も直感的に死角からの攻撃は分かるけれど、ベルさんのように完全に把握することはできていない。

そこから先、鍔迫《つばぜ》り合《あ》いのような攻防《こうぼう》が続く。

もちろん、互いに本気で殺し合いをしているわけではない。

そのため威力などは抑《おさ》えているが、読み合いは本気で取り組んでいる。

この先にどのような魔物《まもの》と出会うのかも分からない。

せっかく上位のSランク対魔師の人に稽古を付けてもらっているのだから、本気で取り組むのは当然だろう。

「……ふぅ。ここまでかな」

「ありがとうございました」

互いに一歩下がって、頭を下げる。

届きそうで届かない。

　今回の稽古ではそんな実感を得た。

「動きは悪くないね。前よりもすごく良くなってる」

「本当ですか？」

「うん。ユリア君は若くて才能がある。それにちゃんと努力もできる。私との差は経験だけだよ」

「経験……ですか？」

「そうだね。蓄積《ちくせき》しているものの量が違うから。きっとそのうち、ユリア君はもっと強くなるよ」

「恐縮《きょうしゅく》です」

　ベルさんに褒《ほ》められて悪い気はしなかった。

　ただ、現状で満足していいわけではない。

　もっと研鑽《けんさん》を積み、Sランク対魔師としての実力を上げていくべきだ。

「あ、それと思ったんだけど……」

「なんですか？」

「ユリア君は黄昏刀剣《トワイライトブレード》を自由に変化させることができるよね？」

「そうですね。リーチや形状などはある程度変化させることができます。それに小さくして射出することもできるので」

「それだったら――」

ベルさんにアドバイスをもらう。

僕はそのアドバイスに驚《おどろ》かされた。

確かに、言われてみればそんな応用もできるな……と納得《なっとく》するのだった。

「ちょっとやってみてもいいですか？」

「うん。いいよ……」

そのことを踏まえて、再びベルさんと対峙《たいじ》してみる。

「いいんじゃないかな？　戦闘の幅《はば》がグッと広がったと思うよ」

「いえ。こちらこそ、ありがとうございます」

今までは攻撃することばかり考えていたが、確かに逆に防御《ぼうぎょ》するという発想も無しではない。

期間は短いが、魔法としては複雑なわけではない。

作戦が開始される前までには、ある程度形にしておこう。

「ハァ……あんたたちって、本当に化物ね。ギリギリ目で追えるくらいなんだけど」

僕とベルさんが一息ついていると、エイラ先輩も演習場に到着したようだ。

よく見ると、右手には杖《つえ》のようなものを持っていた。

「私たちの戦闘を目で追えるだけでも、エイラちゃんは凄《すご》いよ……？」

「ま、伊達《だて》にSランク対魔師じゃないしね。でも私の本領は近距離《きんきょり》戦闘《せんとう》じゃないから」

「先輩のそれは、魔道具ですか？」

「そ。名称は、氷結の杖《グレイシアウオンド》。氷系統の魔法を増幅《ぞうふく》してくれるものよ」

右手に持っている杖。

長さは一メートルに届かないくらい。

八十センチくらいだろうか。

杖の先は花のように開いており、氷の装飾《そうしょく》が施《ほどこ》されている。

「前の襲撃の時には、これを持ち歩いていなかったからね。ちょうど修理に出していたのよ」

「修理、ですか？」

「ええ。定期的に調整しないと、壊《こわ》れちゃうから。ベルの魔剣は違うけどね。魔道具によって、性質が変わるのよ」

「勉強になります」

僕は戦闘スタイルからして、魔道具を使わない。

近接距離での物理に特化した戦闘スタイルだが、全てそれは魔法で構築しているスタイル。

一方で先輩は、遠距離《えんきょり》または広範囲《こうはんい》の戦闘を得意としているらしい。

「さて、と。ちょっと軽く使ってみようかしら」

「ユリア君。下がって……」

「えっと。そんな距離を取るのですか?」

「うん。エイラちゃんの魔法は、かなり広範囲だから」

ベルさんに促されて、僕は彼女と一緒《いっしょ》に後方へと下がっていく。

「……」

おそらくは、先輩が何か魔法を発動したのだろう。

口が動くのは分かったが、名称までは聞こえなかった。

氷結の杖《グレイシアワンド》の先端《せんたん》が青く発光する。

視界には瞬《また》く間《ま》に見渡《みわた》す限りの氷の結晶《けっしょう》が飛び散っていた。

空中で舞い散る氷の結晶。

それはいきなり弾《はじ》けたと思いきや、連鎖《れんさ》的《てき》に氷の塊《かたまり》が次々と生成されていく。

最後には全てが炸裂《さくれつ》するようにして、目の前には砕氷《さいひょう》しか残らなかった。

パラパラと舞う氷のかけらは、まるで季節外れの雪が降っているかのようだった。

「うん。ま、こんなものかしらね」

くるくると杖を振ってから、何かを確認しているようだった。

僕とベルさんはエイラ先輩のもとへと近づいていく。

「……先輩。凄いですね」

「そうかしら？」

「今まで先輩の魔法ははっきりと見たわけではなかったのですが、とても綺麗《きれい》でした」

「綺麗、ね。ふふ。ありがとうユリア」

先輩は嬉《うれ》しそうに笑う。

僕は今の魔法の全てを理解しているわけではない。

といっても片鱗《へんりん》程度は分かっている。

広域干渉魔法《かんしょうまほう》。

それもかなりの高威力。

だというのに先輩はまだこれで調整段階だという。

本気を出せばもっと広範囲かつ、高威力で魔法を使えるということだ。

これがＳランク対魔師の実力。

改めて僕は先輩の凄《すさ》まじさというものを理解するのだった。

「エイラちゃんも、前よりも強くなってるね……」

「ベルもそう思う？」

「うん。魔法の構築速度が速いし、前までは杖に振《ふ》り回されている感じがあったから」

「ハァ……なんでもお見通しね」

軽く肩《かた》を竦《すく》める。

当たり前ではあるが、ベルさんは前々から先輩のことは見ていたらしい。

「そうね。前までは、杖の力に引っ張られていたけど、今はしっかりと制御《せいぎょ》できているわ」

「ふふ」

「？　どうして笑うのよ、ベル」

「だって、エイラちゃんが最近、ちゃんと練習しているのって、ユリア君がいるからでしょう？」

僕は一瞬《いっしゅん》、ベルさんが何を言っているのか理解できなかった。

「えっと……そうなんですか？」

なので、先輩に尋《たず》ねてみることにした。

「あ……う。それは！」

先輩は顔を赤くする。

するとベルさんはいつものように無表情ではあるものの、声を弾《はず》ませて詳細《しょうさい》を教えてくれる。

「ユリア君のお手本になるためにも、しっかりと頑張《がんば》らないとって。エイラちゃん、頑張っていないわけじゃなかったけど、ユリア君のおかげでもっと頑張るようになったんだよ？」

「そうなんですか？」

先輩に尋ねる。

顔を背《そむ》けて、僕の方を向いてくれないが視線だけ向けると小さな声を漏らす。

「……別にユリアはきっかけに過ぎないわ。ただ、私ってこんな性格だし……あんまり仲の良い対魔師もいなくて。ユリアみたいに慕《した》ってくれる後輩《こうはい》も今までいなくてその」

小さい声ではあるが、しっかりと聞き取ることはできた。

「だからその。後輩に情けない姿は見せられないじゃない？　それだけよ」

プイっと顔を背けてしまうが、僕はシェリーとの以前の会話を思い出していた。

僕自身は特別な何かをしているわけではない。

しかし、僕の存在が周りに影響《えいきょう》を与《あた》えているという話を、シェリーとも最近したばかりだった。

「ふふ。あのエイラちゃんが、成長したねぇ。身長はあまり変わってないけど」

「もう！　ベルは昔から一言余計なのよ！　ユリアのことだって、言わなくてもいいのに！」

「そうかな？　ユリア君に知ってもらうことは大事だよ。だって、エイラちゃんはもっと頑張るでしょ？」

「う……それはそうだけど……」

ここまで饒舌《じょうぜつ》に喋《しゃべ》っているベルさんは初めて見る。

ニコニコと笑いながら、先輩と話をしている。

「ベルさんも、そんなふうに笑うんですね」

「え？」

今度はベルさんが声を漏らす番だった。

「いえ。他意はないんですが、笑っている姿が珍《めずら》しかったので」

「……エイラちゃんの前だと、ついね」

「ベルはリアーヌのそば付きだったから、自然と一緒にいることが多かったのよ」

「あ、なるほど。そういうわけですか」

妙《みょう》に二人が仲がいいのは、そういうわけか。

僕はポンと手を叩いて、納得するそぶりをみせる。

「ともかく、これで準備はバッチリね」

「うん……でも、二人ともくれぐれも気をつけてね」

「はい」

「ええ。もちろんよ」

「命の危険がある場合は、すぐに知らせるように。これを使って」

「これは？」

僕と先輩はベルさんから小さな石のようなものを渡される。

「通信用の魔道具だよ」

「これが……」

一見すればただの石にしか見えないが、これも魔道具の一種だろうか。

「これに魔素を込めれば、互いに反応するようになっているから」

「ってことは、危ない時はこれに魔素を込めればいいってわけね？」

「うん。緊急事態《きんきゅう》の時は互いに分かるように、ね。一応、保険だよ」

「ありがとうございます」

「ありがと。ベル」

「ううん。二人には、無理を言って協力してもらっているから」

「そんなことは……ありません。僕だって、早く裏切り者の件は終わらせたいと思っていますから」

改めて自分の覚悟を告げる。

「ありがとうユリア君」

「ベル、水臭《みずくさ》いことは言わないで。昔から付き合いじゃない。私たちは一蓮托生《いちれんたくしょう》よ」

「……ありがとう。私は本当に良い仲間に恵《めぐ》まれたよ」

先ほどとは異なり、儚《はかな》げな笑《え》みを浮かべるベルさん。

僕らは改めて誓《ちか》いを立てて、解散するのだった。

絶対に裏切り者を見つけるためにも、僕らは戦い続けるのだから――。

◇

最後の会議が開かれることになった。

今回はファーストライト作戦に際して、全員のSランク対魔師が集合していた。

「改めて、今回のファーストライト作戦について共有をしておこうか」

サイラスさんの凜とした声が室内に響く。

「まず各部隊が指定のエリアへと向かう。移動距離《きより》は危険区域レベル2に黄昏結晶《トワイライトクリスタル》を設置するので、約三十キロほど。今回は各拠点を作ったのち、Sランク対魔師がいる部隊は数日の間、擬似《ぎじ》結界領域を守り、再び別の場所へと移動してもらうことになる。ここまでが第一目標になる」

今回のファーストライト作戦では、今まで人類が絶対にしてこなかった黄昏《たそがれ》内での駐《ちゅう》留《りゅう》をすることになっている。

今までは黄昏に汚《お》染《せん》されてしまうため、絶対に滞在《たいざい》などはできなかった。

しかし、黄昏結晶《トワイライトクリスタル》による擬似結界領域によって滞在することが可能になった。

黄昏結晶《トワイライトクリスタル》は永久的ではないとはいえ、魔力《まりょく》を供給し続ければ黄昏を無効化する結界を展開することができるものだ。結界都市ほどの結界ではないものの、黄昏による汚染を無くすことができる。

また、ファーストライト作戦の期間は一週間に設定されている。

人類にとって初めての黄昏に駐在《ちゅうざい》する作戦だ。

「その後、全《すべ》てのポイントで擬似結界領域を展開し、通信魔法《まほう》で確認したのちに駐屯基地の設置を試みる。これが第二目標。今回の最終的な目標になる」

作戦の内容は主に二つ。

まずは、擬似結界領域を展開して通信魔法を可能にすること、

これによって、黄昏で急な襲撃《しゅうげき》などにあってもすぐに応援《おうえん》を呼ぶことができる。

二つ目は駐屯基地の設置。

駐屯基地ができれば、そこからさらに奥《おく》の危険区域にもっと楽に進めるようになる。

黄昏結晶《トワイライトクリスタル》の量産はまだ目処《めど》が立っていないので、すぐに今回のように進軍できるわけではないが、大きな一歩になるのは間違いない。

「部隊の編成などは、また改めて伝えることになるだろう。明日中には、通達が行くはずだ。また、偶然《ぐうぜん》なのか……魔物の大暴走《スタンピード》が起きているようだ。大規模な戦闘《せんとう》は避《さ》けられな

い。十分に注意するように」

サイラスさんによって共有された内容を僕《ぼく》は今一度、確認する。

第一目標は、複数の地点に擬似結界領域を展開して、通信魔法を使えるようにすること。

第二目標は、駐屯基地を設置すること。

この二つを達成できれば、きっと人類はさらに大きく進むことができる。

黄昏を打破するという究極的な目標も、すでに夢物語ではなくなっている。

「また、人類の中でただ一人。黄昏に二年間も滞在した人物がいる——もちろん分かっているると思うが、ユリア君だ」

いきなり話が僕に飛ぶので、少しだけ驚いてしまうが意識を切り替《か》える。

今回の作戦にあたって、僕は作戦の立案などにも協力していた。

それはやはり、僕が黄昏で二年間も生き抜《ぬ》いたという経験があったから。

その経験を活《い》かして、アドバイスなどをさせてもらうことになった。

どうやって黄昏で戦うのか、生き残るにはどうすればいいのか。

一番厄介《やっかい》なのは、黄昏に汚染されることだが、擬似結界領域でそれはクリアされる。残りは、やはり……夜戦だろう。

夜になった時の立ち振る舞《ま》いは非常に重要だ。生き残る上で、夜をどうやって過ごすのかは避けては通れない。

当たり前だが、魔物は寝《ね》ている獲物《えもの》には容赦《ようしゃ》がない。

夜に関しては、僕は黄昏眼《トワイライトサイト》によって見えなくても敵を知覚できるが全員がそういうわけではない。

ということで、夜には円陣《えんじん》を組んで声だして互いの位置を確認しつつ戦う、というスタイルが良いとも言っておいた。

加えて、戦闘は基本的には先手必勝。相手に気がつかれる前に、魔物を倒《たお》すのが良いのは放浪《ほうろう》していた二年間の経験から来ている。

たとえ擬似結界領域を展開したとしても、油断はしない方がいいなど色々な助言をした。

「ユリア君の経験は非常に貴重なものだ。私個人としても、君の活躍《かつやく》には期待しているよ。ユリア君の部隊には、ベルとロイもいる。最前線で戦う部隊になるが、きっと十分な成果を上げてくれるだろう」

全員の視線が僕に向く。

怖気付《おじけづ》くことなく、僕は口を開いた。

「はい。期待には絶対に応《こた》えます。任せてください」

そう言葉にすると、ベルさんが僕の顔をじっと見つめてくる。

「……ユリア君。期待してるよ」

「ま、ユリアの経験は貴重よね。私も期待してるわ」

ベルさんに続いて、エイラ先輩《せんぱい》もそう言ってくれる。

他のＳランク対魔師《たいまし》の人たちも、僕に期待しているとの声をかけてくれた。

もちろん、僕一人の力で全てが解決できるわけではないが、僕の経験は貴重なことは自覚している。

だからこそ、絶対に成功させると僕は強く心に刻むのだった。

◇

ついに作戦が開始される二日前になった。

すでに一般《いっぱん》の人々にも今回の作戦の概要《がいよう》は発表され、かなり街は沸《わ》き立っているという。

今回の作戦はまだ、土地を奪還するという攻略《こうりゃく》作戦ではない。

だが、こちらから攻撃的《こうげきてき》に仕掛《しか》けるという意味では結界都市に人類が追い詰められてからは、初めてのことである。

第一結界都市の襲撃で落ち込んでいる雰囲気《ふんいき》もあったが、今は活気を取り戻しつつあった。

現状、今のSランク対魔師は歴代でも最強と評されている。

中でも集団戦闘を得意とするサイラスさん。

一対一での戦闘を得意とするベルさん。

この二人の活躍がかなり大きい。

その他にも、Sランク対魔師たちの活躍は目覚ましいものがあり、人々はみんなが今回の作戦に期待しているようだった。

「えっと……」

僕は軍の基地に向かっていた。

僕の部隊は、ベルさんともう一人Sランク対魔師を含《ふく》めた部隊になる。

他にもAランク対魔師とBランク対魔師もいるが、僕たち三人で部隊を引っ張っていく必要がある。

そこで改めて三人で話を、と思ったがベルさんは別件で忙《いそが》しく今日は来られないらしい。

でも、もう一人の人は来られるということでその人と会う約束をしている。

基地の中にある会議室。

僕は早めに来たのだが、一応扉をノックする。

「うーすっ。入っていいぞー」

「失礼します」

一礼をして室内に入る。

中にいるのは、Sランク対魔師が一人。

ロイさんだ。

序列は四位で、僕がSランク対魔師になったばかりの時に、一度だけ話をしている。

それ以降は会議がある度《たび》に顔を合わせているが、何かを話したりはしていない。

彼《かれ》は前会った時は奇抜《きばつ》な髪型《かみがた》と髪色をしていた。

確かカラフルな髪色をしていたはずだが、今は真っ赤に燃え上がるような赤色になっている。

サイドはかなり高い位置まで刈《か》り上げてあり、真ん中には長めに髪の毛《け》が残っている。

また丸い形をしたサングラスも彼はかけていた。

「お久しぶりです。ロイさん」

「ん？　あぁ。そう言えば、会議では会っているが、話をするのは確かに久しぶりだなぁ」

「はい。それにしても、何をしているんですか？」

「あ？　準備だよ。準備」

「準備、ですか？」

「おう。今日の俺《おれ》は最高のジェットモヒカンで行くからな」

入った瞬間《しゅんかん》から分かっていたことだが、彼は髪の毛を念入りに手入れしていた。

整髪料《せいはつりょう》でしっかりと髪を固めて、毛先を確認しているようだ。

「もう少し待っとけ」

「分かりました」

僕はロイさんの対面に座《すわ》ると、じっと彼の様子を窺《うかが》う。

「……次は」

ボソリと呟《つぶや》くと、ポケットから取り出したのはヤスリだった。

それを爪《つめ》に当てると、丁寧《ていねい》に削《けず》っていく。

一連の動作はとても慣れているように思えた。

記憶《きおく》が定かではないが、会議のたびに爪を整えているのは目撃したような気がする。

「よし。こんなものだな」

指先をパッと広げると、どうやら満足したようだ。

「えっと……身嗜《みだしな》みに気を遣《つか》っているんですか？」

「あ？　あぁ。そのほうがロックだろ？」

「ロック、ですか？」

「おう。容姿の乱れは心の乱れ。心の乱れは魔法の乱れ。最高のパフォーマンスを出すには、自分自身を整えることが重要だからな」

「なるほど。勉強になります」

一見、派手な容姿と粗暴《そぼう》な話し方から、ラフな印象を抱《いだ》く。

でもロイさんは自分なりの信念をもとに、そうしているようだった。

「ルーティーンってのは馬鹿《ばか》にできねぇぜ？」

「ルーティーンですか」

「あぁ。ユリアもなんかあるだろ？」

考えてみる。

うーん。

ルーティーンということは日常的にやっていること。

強《し》いて言えば……。

「強いて言うなら、朝起きたらすぐに顔を洗いますね」

「おぉ。それも立派なルーティーンだぜ？　いいか。俺たち対魔師は、常に最高のパフォーマンスを発揮できるとは限らねぇ」

てっきり、二日後の作戦についての話をすると思っていたのだが、横道に逸《そ》れてしまう。

もっとも、この会話が無駄《むだ》とは思っていない。

ロイさんなりの流儀《りゅうぎ》、のようなものは僕も興味があったからだ。

「そうですね。コンディションは常に変動すると思います」

「そうだ。だからこその、ルーティーン。こうして心を落ち着かせるためにも、俺は一連の動作を毎日続けている」

「毎日、ですか？」

「面倒《めんどう》だと思うだろ？」

「そうですね……大変だとは思います」

「だが、これは馬鹿にできねぇ。絶対に真似《まね》しろとは言わないが、何か自分の芯《しん》みたいなものは持っておいたほうがいいぜ？　早死にしたくなければな」

「はい。ご忠告、ありがとうございます」

素直《すなお》にお礼を言って、頭を下げるとロイさんは僕の顔をじっと見ていた。

いや、睨《にら》み付けると言ったほうが正しいかもしれない。

「えっと。僕の顔に何か？」

「いや、なんか雰囲気ねぇなと思ってな」

「あはは……そうですね。たまに言われます」

生来の性格が由来しているのは分かっている。

戦闘の時になれば、スイッチが切り替わるのだがいつもは優《やさ》しそうだよね、とかよく言われる。

学院でもSランク対魔師として他の生徒に認知《にんち》されているが、意外と情けなさそうと言われているのは分かっている。

「ま、実力があればなんでもいいがな。それにベルも同じ感じだからなぁ」

「ベルさん、ですか？」

「俺とあいつは同期だよ。ま、ベルは対魔師になったのが遅《おそ》かったから年は俺のほうがだいぶ若いが」

同期という話は初めて聞いた。

Sランク対魔師同士の人間関係も僕はよく知らないのだと、改めて痛感する。

それにしても、同期か……。

ベルさんは序列二位。

一方でロイさんは序列四位だ。

「今、俺が序列四位でベルが序列二位だと再確認《かくにん》したな?」

「う……」

「ははは！　顔に出やすいやつだな！」

怒《おこ》っているわけではなさそうだった。

ただ、彼の顔はすぐに真剣《しんけん》なものに変わる。

「Sランク対魔師になれるのは、天才だけだ」

「天才だけ……」

「あぁ。お前だって、自分に才能があるのは分かっているだろう?」

「……」

才能、か。

僕はずっと落ちこぼれだった。

ただ、黄昏に追放されることで潜在《せんざい》能力が覚醒《かくせい》したのか、それとも生き抜くために後天的に獲得《かくとく》したのか。

今の自分の能力が先天的なのか、後天的なのか。

それは分からない。

ただ、才能があるのは否定はできなかった。

努力以外の要素があるのは、知っているから。

「Sランク対魔師は天才の巣窟《そうくつ》。ただし、そこには本物がいる」

「本物ですか」

「あぁ。序列一位と二位。あれはまさに別格の領域だ。あの二人と比較《ひかく》すれば、俺の才能なんてペラペラさ。透《す》けて見える。だが、本物の才能は違《ちが》う。あれは人類の到達点《とうたつてん》だ」

そう語るロイさんの瞳《ひとみ》は少しだけ寂《さび》しそうだった。

「俺は努力できる才能はあった。がむしゃらに努力して、絶対に同期のベルに負けまいと思ってきた。が……埋《う》めることのできない差はどうしてもできてしまった。はは、笑えるだろ？」

自虐《じぎゃく》風に笑うロイさん。

二人きりで話すのは初めてだったからこそ、意外に思う。

いつもは自信満々に見えていたから。

「いいえ。笑うなんて、とんでもないです。僕はまだ、よく分かりませんが……凄いことだと思います。誰《だれ》かと比較することで落ち込んでしまうのは、僕も経験がありますから」

自分が落ちこぼれていた時のことを思い出す。

あの時は周りと比較ばかりしていた。

自分と向き合うのではなく、他人ばかりを見ていたから」

「ははは。そうか。ま、でもお前はどっちに転ぶか分からない。せいぜい、頑張るんだな」

「はい」

余談が少し長くなってしまったが、ロイさんと今回の部隊での作戦について話をする。

「ユリアは近接特化の対魔師だよな？　一応、確認だ」

「そうです」

ロイさんは手元に資料を持っていた。

「それは？」

「ん？　それぞれのSランク対魔師の能力の資料だ。まぁ、全員ともに見せられない部分はあるが、ある程度は知っておいたほうがいいだろう？　ほら。お前にもやる。覚えろよ」

「あ、ありがとうございます」

分厚い書類の束を渡《わた》される。

そこには各Sランク対魔師の情報が書いてあった。

「お前は……ベルとは同じ部隊で戦ったことがあったな？」

「はい」

「じゃあ、俺のページを見ろ」

「分かりました」

ロイさんの資料を取り出す。

「俺の魔法は近接に特化しているが、ほぼ全てを身体強化に充《あ》てている」

「身体強化……ですか」

資料に目を通すと、ロイさんの部分は何か特筆した魔法はなかった。

「あぁ。俺にはサイラスのような技術はないし、ベルのような剣術《けんじゅつ》もない。ただ拳《こぶし》で戦うだけさ」

ニヤッと笑うロイさん。

そこには確かな自信があるように思えた。

「ということは、ゼロ距離での戦闘を得意としているんですね？」

「あぁ。俺、ベル、ユリア。この三人がどうして同じ部隊なのか、分かっているだろう？」

「僕たちは先陣《せんじん》を切る部隊だからですよね？」

「その通りだ」

次は別の資料を渡される。

「これはここ一週間、斥候《せっこう》が偵察《ていさつ》した内容だ」

「……魔物《まもの》の数が多い、ですか？」

「そうだ。確かユリアは、前にベルと一緒にヒュドラを倒したな？」

「そうですけど……あれは不可解な点が多かったです」

「俺もそう思う。本来はいるはずでない場所に魔物が出現する。別に絶対的なものではないが、ヒュドラ規模の魔物は危険区域レベル1、2でお目にかかるもんじゃねぇ……」

「生態系の変化。それとも……」

「お前も分かっているようだな。ま、バカにはSランク対魔師は務まらねぇ」

仮説に過ぎないことは分かっている。

僕が今考えているのは、誰かが意図的に魔物を呼び寄せているのではという可能性だ。

前々から思っていたが、どうやらロイさんも同じ考えのようだった。

「俺は誰かが意図的に魔物を操作している可能性が限りなく高いと思っている」

「僕も同じです。第一結界都市での、古代蜘蛛《エンシエントスパイダー》の襲撃。あのことも踏《ふ》まえると、裏切り者は魔物を操作できるのかもしれません」

「よく分かってる。俺は賢《かしこ》いやつは嫌《きら》いじゃねぇ。弱々しい甘ちゃんだと思っていたが、どうやら良い着眼点を持ってる」

「恐縮《きょうしゅく》です。でも、あくまで仮説に過ぎません」

「その通りだが、可能性を考慮《こうりょ》するのは大事だぜ？」

「ですね」

「一応、俺は自分以外の人間は信用していないことは言っておくぜ？」

「……理解はできます」

「もちろん、お前とエイラが可能性が低いのは分かっている。お前たちのどっちかが裏切り者なら、あの襲撃を見過ごすはずだからな。だが、絶対的に裏切り者ではない確証はない」

「はい」

真剣な顔つきで向かい合ってくる。

ロイさんは全てを分かった上で、真正面から話をしてくれる。

「俺は自分が裏切り者じゃねぇことだけは分かっている。でもそれ以外は分からねぇ」

「僕は裏切り者ではない、と言いたいところですが……どうしようもありませんね」

「あぁ。だから言っておくぜ？」

立ち上がる。

そして彼は指を指して、こう告げた。

「仮にお前が裏切り者なら容赦はしねぇ。手足の一本や二本、覚悟《かくご》してもらう」

「……はい」

僕もまた、ロイさんの言葉に真正面から向き合う。

僕らは疑心暗鬼《ぎしんあんき》の中、戦わなければならない。

ロイさんが敢《あ》えて僕に言ってくれているのは、優しさということも分かっていた。

「ふん。動じないか。ま、せいぜい頑張ろうぜ。お互《たが》いにな？　それに、サイラスも会議で言っていたが、お前の黄昏での二年の経験はかなり貴重だ。それは俺ももちろん分かっている」

「恐縮です」

「……ま、俺も別に若い才能に期待していないわけじゃない。俺とお前じゃ、黄昏で過ごした期間が段違《だんちが》いだ。それは認めている。ま、期待してるぜ？」

握手《あくしゅ》を求めてくる。

友好の証、とまではいかないがとりあえず僕たちは同じ部隊。

まずはある程度の信頼《しんらい》は必要だろう。

ただし、互いに裏切り者と分かった場合は容赦ない。

そんな感じかもしれない。

「こちらこそ、よろしくお願いいたします」

しっかりと握手を交《か》わす。

「それと、お前。ずっと女を侍《はべ》らせているだろ？　趣味《しゅみ》なのか？」

「は、侍らせている？」

「あぁ。周りに女がいる時しか、見たことないぜ？」

「それは……」

否定できなかった。

僕としても男の友人はたくさん欲《ほ》しいところではある。

けれど何の巡《めぐ》り合わせなのか、意識してみると女性と過ごしている時間の方がずっと長いような気がしている。

「ま、Sランク対魔師的に言えば、お前みたいな存在はありがたいがな」

「どういう意味ですか？」

「組まれる部隊で、ユリアは女のSランク対魔師と組むことが多いだろ？」

「確かに。え、もしかして理由があるんですか？」

「性格的に使いやすいからだろ。お前、女の扱《あつか》い上手《うま》いしな」

「上手いって……」

別に意図的にそうしているわけではないが、そう思われているのはある種仕方のないことかもしれないが……。

「Sランク対魔師の関係性も、一筋縄《ひとすじなわ》じゃ行かないってことさ。ま、今後も頑張ってくれや。俺もSランク対魔師の女は苦手なんだ。いや、俺に限らないか」

「もしかして、僕って押《お》し付けられてます？　あはは！」

「……そこに気がつくとは、賢いな！」

「……」

いや、あはは！　じゃないんだけれど。

え？

僕の配置ってそんなことになってたの？

「実はSランク対魔師の男たちは、女たちに苦手意識があるというか……あいつら、癖《くせ》が強いだろ？」

「……いや、そんなことは」

まだ全員の人となりを知っているわけではないが、一概《いちがい》に否定はできなかった。

「任務で組むことはあっても、会話は最低限。敵対しているわけじゃないが、まぁ距離感があってな。そこでユリアを間に挟《はさ》むことで、緩衝材《かんしょうざい》にしよう……ってのがサイラスの考えじゃないか？」

「サイラスさんが意図的にそうしていると？」

「多分な。あいつは作戦の部隊編成も考えている。あいつなりに、色々と考えているんだろ。だから別に気にするな。それに俺は助かるしな！　ははは！」

笑っているが、僕は全く笑えなかった。

Sランク対魔師たちも人間なんだなぁ……と思った。

今まではどこか神聖視していたところがあったが、どうやらSランク対魔師も僕と同じ人間ということがよく分かった。

「ま、別に男と女に限った話じゃねぇけどな。性別というよりは、性格が正しいか。Sランク対魔師は総じてまともな奴《やつ》がいねぇしな。ベルとかやばいぜ？　あいつ、いつもは無表情だが実際はやばい。腹黒に違いないぜ？　それに、胸もまな板だしな！　あいつ、本当に色気がねぇよなぁ……自分の胸で洗濯《せんたく》してるんじゃないか！　あはは！」

「それ、聞かれたらまずいと思いますけど？」

「大丈夫《だいじょうぶ》、大丈夫！　聞かれるわけねぇだろ。それに、お前も思ってるだろ？」

「いや、そんなことは……」

ロイさんは豪快《ごうかい》に笑っている。

まぁ、プロポーション的な意味で言えばベルさんは整っている方ではないだろう。

けど、女性が色々と気にしているのは僕にだって分かる。

ベルさんも気にしているのかもしれない。

下手に触《ふ》れない方がいいだろう。

僕は愛想笑《あいそわら》いを浮《う》かべるしかなかったが、徐々《じょじょ》に自分の顔が青ざめていくのが分かった。

「あ――」

「ん？　どうした？」

僕はすでに視界に入っていた。

黙《だま》って無表情で立ち尽《つ》くしている、ベルさんの姿が。

「べ、ベル……今日は任務で来れないんじゃ？」

ロイさんの顔は真っ青になっていた。

どうやら彼も苦手意識のようなものは持っているみたいだ。

「……早めに片付けてきたの。二人だけだと心配だから」

「あ、あはは……流石《さすが》だな！　ベルはすげぇな！」

「……で、まな板がどうかしたの？」

「……えっと。聞き間違《まちが》いだろ？」

「聞こえてたよ」

近づいてくる。

僕は震《ふる》えるしかなかった。

魔法をベルさんが発動しているわけではない。

が、完全に空気は凍《こお》り付いていた。

ベルさんが怒っている姿は見たことはなかったが、ロイさんの言っていた『やばい』という意味が少しは分かった気がする。

「で、弁明はしないの？」

「ち、違うんだ！　ユリアが先に言い始めたんだ！」

「え⁉　ここで責任転嫁《てんか》ですか⁉」

「うるせぇ！　先輩命令だ！」

「横暴ですよ‼」

流石に聞き捨てならないので、僕も抵抗《ていこう》する姿勢は見せる。

その瞬間。

キィィンと甲高《かんだか》い音が響《ひび》いた。

抜刀《ばっとう》。

何も斬《き》ってはいないが、ベルさんは今の一瞬《いっしゅん》で虚空《こくう》を斬り裂《さ》いていた。

「静かに」

「すみませんでした」

ロイさんは机に頭をつけて、謝罪をしていた。

何だか先輩の情けない姿を見てしまい、複雑な気持ちだった。

でもベルさんのこの圧倒的《あっとうてき》なプレッシャーの前では仕方のないことかもしれない。

「ユリア君？」

「はい！」

「ユリア君もロイの戯言《たわごと》を信じないようにね？　あと私だって少しはあるから。まな板じゃないから。分かってくれるよね？」

「もちろんです！」

怖《こわ》かった。

僕は頷《うなず》くしかなかった。

きっと僕は、人生の中で一番大きな声だったかもしれない。

ベルさんの新一面を目撃《もくげき》すると同時に、心の中で誓った。

絶対に今後はベルさんを怒らせないようにしよう、と。

そして、僕らはそこから改めて、二日後に行われる作戦について話し合いをするのだった。

◇

夜。

自室に戻《もど》ってきた僕は、ベッドで横になっているがあまり眠《ねむ》れなかった。

今は第七結界都市と第一結界都市を往復する生活を送っている。

僕の担当する都市は第七結界都市。

もともと学院に通っているのは第七結界都市なので、それも考慮されている。

だが、会議などは第一結界都市で行われることが殆《ほとん》どなので移動することが最近は特に多い。

今は第一結界都市にいるので、軍の宿舎にある自室で横になっている。

僕としては、どちらの都市の部屋もまだ慣れていないので大きな違いはない。

でも、なんだか今日は寝付《ねつ》きが悪かった。

「ふう……」

一息吐《つ》くと、僕は外に出ることにした。

夜はそろそろ夏も近づいてきているので、前よりは気温も上がっている。

空に浮かぶ星々を僕はぼーっと見つめる。

黄昏《たそがれ》に支配された世界で、唯一《ゆいいつ》夜だけは残っている。

黄昏か夜の暗闇《くらやみ》か。

僕らに残されているのは、その二つだけだ。

「あら？　ユリアさんですか？」

「リアーヌ王女……どうして、ここに？」

「あはは。ちょっと寝れなくて。軍の方で色々と調べ物をしていて、目が冴《さ》えちゃって」

苦笑いを浮かべるリアーヌ王女。

月明かりでははっきりと顔は見れないが、少し疲《つか》れているように思えた。

「ベルさんはいないんですか？」

「きっとどこかにいますよ？　ベルは私が一人の時でも、遠くで見守ってくれていますから」

ベルさんとリアーヌ王女はただの主従関係ではないのは、なんとなく悟《さと》っている。

ただ二人の間には確かな絆《きずな》があることは分かっている。

「あ、本当ですね」

「分かるのですか？」

「ちょっとズルをしました」

「ズル、ですか？」

「黄昏眼《トワイライトサイト》を一瞬だけ展開しました」

僕《ぼく》は好奇心《こうきしん》から、黄昏眼《トワイライトサイト》を発動した。

そして確かにベルさんは近くにいるようだった。

完全に気配は断っているが、微《かす》かに魔素が漏《も》れ出しているのが分かったからだ。

「なるほど。ユリアさんは便利な能力を持っているようで」

「そうですね。便利と言えば、便利ですが、まだ使い慣れていないので」

「確かユリアさんは黄昏に追放されることで、能力が覚醒したとか」

「はい。そうですね」

「あ……すみません。お辛《つら》かったですよね」

僕がダンたちに裏切られて、黄昏に追放されてしまったことは彼女《かのじょ》も知っているのだろう。

　申し訳なさそうに、目を伏《ふ》せる。

「いえ。今となってはあれも必要な経験だったのかもしれません。それに、もう明日には作戦が開始されます。覚悟をしておかないと」

「……ですね。私は黄昏に出ることはできませんが、成功を祈《いの》っています」

「ありがとうございます」

　しばらく僕らは黙って二人で空を見上げる。

　以前二人きりで話した時も思ったが、リアーヌ王女と話すのはどこか心地《ここち》よかった。

「そう言えば、珍《めずら》しくベルが愚痴《ぐち》を言っていて」

「愚痴ですか？」

「はい。距離的《きょりてき》に声は聞こえていないので、言ってしまいますがロイさんとユリアさんに胸のことをバカにされたとか」

「僕もですか⁉」

「はい」

「いやいやいや、僕は言ってないですよ！」

「でも、ユリア君も絶対に内心で笑っていた、と言っていましたよ？」

「笑ってはいないですけど……」

「内心では思っていたと？」

「……」

否定できないので、顔を背《そむ》けることしかできなかった。

ベルさんは確かに怒っていたが、さらっと流していたので気にしてないと思っていたが
……どうやらそんなことはなさそうだった。

「ベルがあんなに落ち込んでいるのは、初めて見ました。ふふ。可哀想《かわいそう》ですが、ちょっと可愛《かわい》くて。実は胸が大きくなる体操もしているとか」

「僕はどう反応すればいいのか分かりませんよ……」

「笑いましょうか？　私と一緒《いっしょ》に」

「次は殺されてしまうので、遠慮《えんりょ》します」

あの時のベルさんは本気だった。

恐《おそ》ろしい目つきをしていた。

ヒュドラと戦っている時でさえ、あんな目つきはしていなかったというのに。

そんなことを考えていると、一瞬だけリアーヌ王女の胸に目がいってしまう。

ベルさんとは違って、圧倒的に豊かなそれに目がいってしまう。

「今、見ましたね」

しまった！

と思った時にはすでに遅い。

僕は慌《あわ》てて視線を逸らすけど、その行動は何よりも胸を見てしまっていた証拠《しょうこ》だった。

「す、すみません！」

「いえいえ。私はベルよりも、とっても大きいので。それに男性の視線がよく胸にいっているのは、慣れていますので。気持ちの良いものではありませんが」

「すみません……つい」

「ユリアさんは逆に今までそんなそぶりは全くなかったので、興味がないものと思っていました」

「も、黙秘権《もくひけん》を行使します」

「ダメです♪」

リアーヌ王女は僕の方に近寄ってくると、ギュッと腕《うで》を掴《つか》んでくる。

同時に否応《いやおう》なしに、腕に胸の感触《かんしょく》が伝わってくる。

「うわっ！」

声を上げて、彼女の腕を振《ふ》り解《ほど》いてしまう。

「ふふ。ごめんなさい。ユリアさんがあまりにも初心《うぶ》なので、ちょっとからかってしまいました」

「本当に心臓に悪いので、やめてください……」

リアーヌ王女の意外な一面は今までも何度か見てきた。

とはいっても、こんなことをされるのは初めてなので驚《おどろ》いてしまう。

「ユリアさん。緊張《きんちょう》は解けましたか？」

「……気がついていたのですか？」

「はい。あなたはエリーさんの死を目撃しています。それに、今までのことを考えると心労は尋常《じんじょう》ではないと思いまして。ごめんなさい、からかうようなことをして」

「いえ……少しは落ち着きました」

リアーヌ王女は軽く歩みを進めると、腕を後ろに組んで独り言のように話を続ける。

「私は王族だったので、必然的に高位の対魔師《たいまし》と話す機会が多かったのです。でも、帰って来ない人もたくさんいました。Sランク対魔師であっても、帰ってこないことはありました」

僕は黙って彼女の話を聞く。

「私は対魔師ではないですし、黄昏で戦うことはありません。誰かの死をこの目で目撃したことはありません。いつも見ているのは、白くなっている顔だけ」

リアーヌ王女もまた、数多くの死に触れてきた。

それだけはすぐに分かった。

「明日からの作戦。絶対に成功させましょう。そうすれば、これから先の犠牲《ぎせい》はもっと減るはずです」

「はい。もとより、そのつもりです」

「ええ。ユリアさんならきっとやってくれます」

ふう、と軽く息を吐くとリアーヌ王女は先ほどとは違って真剣な顔つきになる。

「そういえば、ユリアさんは魔族の伝承を知っていますか？」

「伝承ですか？」

「はい。今回の裏切り者や魔物の異常な行動。色々と調べている際に、ある伝承を見つけまして」

「それは一般《いっぱん》には広まっていないものですか？」

「ええ。王族は普通《ふつう》の人とは異なり、アクセスできる情報が多いのです。王族だけが見ることのできる書物はいくつかあります。その中でも、今から話す内容は……ただのおとぎ話かもしれませんが、一応お伝えします」

「ありがとうございます」

そして、リアーヌ王女はその伝承とやらを僕に教えてくれた。

「世界には魔物が溢《あふ》れていますよね？」

「はい」

「実は魔物という生物は、七魔征皇《しちませいこう》と呼ばれる七人の魔族によって生まれたとか。魔物の起源的な存在ですね。七人の魔族が、今の魔物を生み出して支配している……といったものです。おとぎ話の可能性の方が、高いと思いますが」

「魔族の起源、ですか」

「ええ。ただ、人魔大戦の時にはそのような情報は残っていないので、ただの伝承かもしれません。あくまで空想上の存在。けれど何か大きな存在が私たちに迫《せま》っているような気がするのです。だから、ユリアさんにはお伝えしました」

「七魔征皇《しちませいこう》。覚えておきます」

「はい。何かお力になればいいのですが」

「いえ。いつもリアーヌ王女には感謝しています。それに、夢のことも」

微笑《ほほえ》みを浮かべるリアーヌ王女は、やはりどこか浮世離《うきよばな》れしている。

あまりにも整い過ぎた容姿。

初め見たときは、天使がこの世界に現れたのかと思ったほどだ。

「ふふ。お菓子《かし》作りの夢もですね」

「ええ」

「実は最近も、研究を重ねていまして……」

リアーヌ王女は快活に笑いながら、お菓子の話をしてくれた。

僕もそれを真剣に聞いていた。

彼女の夢をいつか実現するためにも。

僕はこれからも戦い続けるのだろう。

誰かの夢を背負って戦うことは、どこか嬉《うれ》しかった。

「ユリアさんには特別に私の考える、最高のお菓子を作ってあげます」

「いいんですか？」

「はい。作戦が終わったら、絶対にあげます」

彼女は距離《きより》を詰《つ》めてくる。

「──だから絶対に生きて帰ってきてください」

揺《ゆ》れる瞳。

吸い込まれそうだった。

彼女の碧《あお》色の双眸《そうぼう》に。

「絶対に帰ってきます」

僕は彼女の言葉に答える。

「今回の作戦、嫌《いや》な予感がするのです」

「嫌な予感？」

「はい。何か蠢《うごめ》く意思があるような……そんな予感。でも、あなたならきっと乗り越《こ》えることができる。そう信じています。それと、ベルのこともよろしくお願いします。ベルは強いですが、不器用なところもありますので」

「分かりました」

最後にリアーヌ王女の体が一瞬、視界から消えた。

「うわっ」

「約束ですよ?」

気がつけば、彼女に思い切り抱《だ》きつかれていた。

胸なども僕の体に触れていたが、そんなことを考えている暇《ひま》はない。

ただただ柔《やわ》らかい感触が僕の体に残る。

「もう私は誰も失いたくはありません……」

一筋の涙《なみだ》が溢れる。

僕は彼女の背中に手を回す。

今日は、今日この時はリアーヌ王女を抱きしめていいと自分に言い聞かせる。

こうしてついに、人類にとって大きな転換期《てんかんき》となる作戦が始まろうとしていた。

◇

とうとうこの日がやってきた。

人類が本格的に黄昏を攻略《こうりゃく》しようという日が。

ファーストライト作戦。

今まで行ってきた作戦とはその規模も難易度も段違い。

結界都市の歴史の中でも、もっとも難しい作戦と言っても過言ではないだろう。

何よりも今回の作戦では、戦力が圧倒的に違《ちが》う。

過去の中でもＢランク対魔師以上の数は最高。

それに加えてＳランク対魔師もかなりの戦力が揃《そろ》っている。

第一目標である、擬似《ぎじ》結界領域の展開。

第二目標である、駐屯《ちゅうとん》基地の設置。

この二つを達成するための作戦がついに始まろうとしていた。

「ユリア、おはよう」

「おはよ。シェリーはよく眠れた？」

「実はあまり眠れていないわ。緊張しちゃって……」

「僕も同じく」

「でもなんだか元気そうね」

「気が張ってるから……かな？」

「どうして疑問形なのよ」

「うーん。自分でもよく分からないっていうのが正直なところ。緊張と興奮で眠気《ねむけ》が吹っ飛んでるんだと思う」

「でもそうよね……今回の戦いで、今後の人類の命運が分かれるから」

「後世にこの作戦が成功と残るか、それとも失敗と残るか……考えるだけでも大変だけど、やるしかないさ。それに僕らは対魔師で人類の代表たる存在なんだ。仲間に不安な姿は見せてはいけない……と思う」

「さすがユリア、心意気が違うわね」

「そんなことはないよ。さ、行こうか」

「ええ」

と、僕たちはそのまま集合場所へと集まる。

しばらくするとそこには膨大《ぼうだい》な数の対魔師たちが揃う。

全員がBランク対魔師以上で、今回の作戦に参加する人たちだ。

僕は純粋《じゅんすい》に彼《かれ》、彼女たちには尊敬の意を表する。

こう言うと不遜《ふそん》な言葉かもしれないが、Sランク対魔師が死ぬことは確率としては低いだろう。

その一方で、Ａランク対魔師とＢランク対魔師の人たちは僕らに比べれば死ぬ可能性は高い。

むしろ、今回の作戦で犠牲者《ぎせいしゃ》が一人も出ないと思っている楽観的な人間はいない。皆《みな》、自分の死を覚悟してこの場に集まっているのだ。

もちろん僕も同じ意識だ。

あの青空へとたどり着くためならば、僕らは死して尚《なお》……進む覚悟が必要なのだそういう世界で僕らは生きているのだから
そして僕らＳランク対魔師は最前列で整列する。

横にズラリと並ぶ新しいＳランク対魔師たち。

僕らこそが、人類の希望であると誇示《こじ》しなければならない。

無様な姿など、晒《さら》すわけにはいかないのだ。


「諸君、ここに集まってくれたことを心から感謝する」

サイラスさんによる演説が始まった。

今回は彼が対魔師を代表して挨拶《あいさつ》をすることになっている。

「黄昏にこの世界が支配され、もう百五十年の時が経過。その間、人類はこの局地で数多くの血を流してきました。ここにいる者の多くは、家族、仲間の死を経験しているでしょう。そして我々はその死を乗り越えて、この場に立っています」

僕らは真剣《しんけん》にサイラスさんの演説に耳を傾《かたむ》ける。

「対魔師の諸君よ。君たちの存在を誇《ほこ》りに思う。これから君たちが向かうのは、黄昏だ。人類が未《いま》だ攻略の糸口すらつかめていない、あの黄昏なのだ。その脅威《きょうい》はすでにその身を以《もっ》て知っているだろう。愛する人が、家族がいて逃《に》げたい者もいるだろう。しかし君たちのような存在のおかげで、我々はこうして今も生きながらえている。これまでの犠牲は数多くあった。その犠牲は全《すべ》ては礎《いしずえ》となり、我々が引き継《つ》いでいく。黄昏から人類を解放するという意志は、死して尚……受《う》け継がれていくのだ。諸君、改めて言おう。私は君たちを誇りに思う」

スッと息を吸うと、サイラスさんはさらに言葉を続ける。

「今回の作戦は、結界都市に人類が追い込まれてから初めての大規模な作戦になります。失敗する可能性もあります。しかし、Sランク対魔師序列一位である私がいる限り、そんなことは許しません。絶対に成功させます。そして絶対に、いつか青空をこの世界に取り戻すことをここに誓《ちか》いましょう」

瞬間《しゅんかん》、対魔師たちの声が沸《わ》く。

全員が声を上げ、そして誓う。

世界を支配している黄昏を必ず、必ず打ち破るのだと。

僕は数年前はただのちっぽけな少年だった。

そんな僕がここまできた。人類の希望の中でも、最高の地位にたどり着いた。

それはもちろん、僕の努力だけで達したものではない。

たくさんの仲間の協力あって、今ここまでたどり着いている。

これから先……何を成していくのか。

それは今の僕の意志が決めるのだ。

確かな未来への足跡《あしあと》は、今の僕らが決めるのだ。

たとえこの作戦で失敗したとしても、人類は何度だって立ち上がる。

今までもずっとそうしてきたのだから。

ならば……僕はこの黄昏を切り裂く光になろう。

人類を照らす最上の光に、僕は——。


「人類を、これからの世界を頼んだぞー!!」

「頼《たの》んだぞー!!」

「頑張《がんば》れー!!」


そして作戦開始。

僕らは行軍を開始した。

先頭はSランク対魔師の面々。

そして道の左右は数多くの人たちで溢れていた。

流石に他《ほか》の結界都市の人も全て来ているという訳ではないだろうが、この量は第一結界都市以外からも来ているのだろう。

僕らは手を上げながら、その声に応じる。

皆、願っているのだ。

黄昏から解放され、この世界で自由に生きるのだと。

もうこの局地で怯《おび》えるようにして暮らす日々に終止符《しゅうしふ》を打とう。

その役目は、僕ら対魔師のものだ。ならばその責務を果たそうじゃないか。

この手に、確かな明日を掴む時がやってきたのだ。

「ユリア、大人気ね」

「先輩《せんぱい》、茶化《ちゃか》さないでくださいよ」

「ねぇユリア」

「なんですか？」

「この作戦が終わったら、大事な話があるの。聞いてくれる？」

「……先輩、そんなこと言わないでくださいよ。それ……危ないやつですよ」

「大丈夫よ。だってユリアが守ってくれるでしょう？」

「……そうですね。守りますよ。この手から溢れる命は一つだって、逃《のが》しませんから」

「その意気よ。さて行きましょうか」

「はい」

歩みを進める。確かな意志を、想《おも》いを抱いて、僕らは進んでいく。

幾億《いくおく》の屍《しかばね》の上に成り立っているのが僕らだ。

そしてその現実を見つめ、屍を踏《ふ》みしめて進んで行くのだ。

こうして人類の命運をかけた戦いが、幕を開けた――。

◇

不可侵《ふかしん》区域。

人間が決して辿《たど》り着けることのない、もっとも黄昏の濃度《のうど》が濃《こ》い区域に城のようなものが建っていた。

その城の一室には、とある存在が円卓《えんたく》についていた。

姿は、禍々《まがまが》しく曲がった角や尻尾《しっぽ》を有している異形そのものであった。

「諸君。よく集まってくれた」

「人魔大戦で有力な人間は殺し尽くしたと思ったが、やはり厄介《やっかい》だな」

「人間一人一人は、決して強くはありません。今回のような適合者やSランク対魔師といった存在はいますが、それはごく一部。基本的には、雑魚《ざこ》の集まりです。しかし……」

会話を交《か》わす。

その内容は人類に対する評価のようなものだった。

「彼らは引き継いでいます。確かな想い、というものを」

「抽象的《ちゆうしようてき》だな。それが強さになるのか？」

「ええ。だから厄介なので。人間は一人残らず、一気に殲滅《せんめつ》しないといけません。一人でも残してしまえば、いずれまた立ち上がってしまいますから」

ある人物は、暗い瞳《ひとみ》で過去を振り返る。

まるで人間と戦ったことのあるような口ぶりだった。

「結界都市。非常に厄介です。私たちでさえ介入《かいにゆう》できない領域です」

「確か襲撃《しゆうげき》は成功したんだよな？」

「最後の最後で、彼に防がれました。私たちが侵入《しんにゆう》するにはまだ準備が必要です」

「内通者はどうなっている」

「内通者、ですか。はてさて、どうなるのでしょうかね。焦《あせ》っているようですし、今回の作戦もリークはしてくれましたが、人間の警戒《けいかい》が強過ぎてあまり身動きが取れないようですし」

今度は別の存在が、話に加わる。

「あはは！　それで私たちにあいつを殺して欲《ほ》しいんだねぇ〜」

声を上げる。

一見すれば愛らしい少女のような容姿に見えるが、頭から捻《ね》じ曲がった二つの角が生えていた。

「そのようですね」

「内通者は切り捨てるか」

顎《あご》に手を当てて、思案するそぶりを見せる。

「必要となれば。まだ使えるかもしれませんが、もともと失敗した時点で切り捨てるのは確定しています。幸いなことに、外部から結界都市の結界をどうにかする方法はありますので」

「そうか。期待している」

「は。任せてください」

恭《うやうや》しく頭を下げる。

そして、リーダー格と思われる人物は改めて声を発する。

「さて、これからの話をしよう。今度こそ、人間を殺し尽くすために」

敵の魔の手は、確実に進行していくのだった――。

第三章　ファーストライト作戦開始

ついに作戦当日の朝がやってきた。

作戦の流れとしては、僕らの部隊は擬似結界領域を展開するだけの場所を確保する。

まずは第一目標を達成する。

ただし、斥候《せっこう》の調査によると、タイミング良く魔物《まもの》たちの大暴走《スタンピード》が起こっているらしい。

大暴走《スタンピード》は珍しいものではない。

定期的に発生するものであり、数年前には結界都市を陥落《かんらく》させる勢いのものもあった。

その時はサイラスさんを筆頭として、完全に大暴走《スタンピード》を退けた。

その実績を含《ふく》めて、現在のSランク対魔師は歴代最強と評されている。

僕もそれに恥《は》じないように戦う必要がある。

「みんな。集まったね」

結界都市の出入り口。

そこにベルさんの部隊の人間が全員集まる。

数としてはそれほど多くはない。

が、全員ともに近接戦闘《せんとう》に特化している対魔師ばかりだ。

僕らの役目は、大暴走《スタンピード》を完全に止めることだ。

そして、そのことがベルさんの口から改めて告げられる。

「……私たちの部隊は、全員で大暴走《スタンピード》を止めます。数年前の時ほど勢いはないとはいえ、油断は禁物。大暴走《スタンピード》は圧倒的《あっとうてき》な魔物の数で襲《おそ》ってきます。一瞬《いっしゅん》でも油断すれば、持っていかれます。あの時の戦闘では、四肢《しし》を持っていかれる対魔師もいました。ゆめゆめ、そのことを忘れないように」

生唾《なまつば》をのむ音が聞こえてくる。

全員ともに想像してしまったからだ。

自分の体がバラバラになって死んでいく姿を。

「ベル。あんまりビビらせるのは、感心しないぜ？」

ロイさんが苦言を呈《てい》する。

「事実を伝えることは大切。前の大暴走《スタンピード》では、私を含めて全員が楽観的に考えていた。雑魚の群れなら、簡単に戦えると。でも、下級の魔物も万も集まれば圧倒的な脅威になる。今回の大暴走《スタンピード》は万もいないけど、しっかりと覚悟《かくご》はしておくべき」

「ま、そういう考えもアリか。俺《おれ》はビビってないが、時に悪いイメージは足を引っ張る」

「……分かってる。けど、私は仲間にあんな死に方をして欲しくはない」

「それもそうだな。俺もあれは二度とごめんだ」

数年前の大暴走《スタンピード》。

この部隊で経験しているのは、ベルさんとロイさんのみ。

最終的にSランク対魔師たちだけで鎮圧《ちんあつ》したのは、もはや伝説として語《かた》り継がれている。

「覚悟はできています」

僕は一歩だけ前に出て、声を上げる。

「お、やる気だなユリア」

「はい。今回の作戦、絶対に成功させせないといけませんから」

「その調子だ。おい、お前たち。ずっと年下の子どもが覚悟してるんだぜ？　大人として、模範《もはん》になれよ。対魔師のランクなんて関係ねぇ。俺たちは一丸となって戦っていくんだ」

他の対魔師たちも、自分を鼓舞《こぶ》するように声を上げる。

「ロイ……ごめん。助かった」

「ベルはいつも言葉が足りねぇ。ま、同期だからな。お前のことはよく分かってる」

「……終わったらご飯でも奢《おご》る」

「酒もいいか？」

「うん……でも、あんまり呑《の》むとリアーヌ様に怒《おこ》られるから、程々《ほどほど》に」

「はは、違いねぇな！」

そんな雑談を交えつつ、僕らの部隊は出発することになった。


向かう場所は黄昏《たそがれ》危険区域レベル2。

ちょうど今は、前回ヒュドラと戦った場所までやってきていた。

移動距離は三十キロほどで、僕らの部隊はゆっくりと約七時間程度、歩みを進めていた。

「ここか。ベルとユリアがヒュドラと戦ったのは」

ロイさんが地面を触《さわ》りながら、確認《かくにん》をする。

「……うん。でも、ヒュドラの生息地はもっと奥《おく》の危険区域」

「本来とは違う場所の出現。そして、謀《はか》ったかのような大暴走《スタンピード》。臭《にお》うな」

「ロイもそう思う？」

「当たり前だろ？　敵は魔物を操作できると見て、間違《まちが》いない」

「分かってる……だからこそ、今回の作戦は絶対に成功させる。相手の思惑《おもわく》も、予想がついてるから」

「ベルは分かっている側だな。ま、それでも俺は最後まで自分しか信じないが」

「それでいいよ……私も、そう思っているから」

ベルさんとロイさんが先頭を歩き、僕《ぼく》は周囲を黄昏眼《トワイライトサイト》で見渡《みわた》していた。

今のところ、大きく魔素が動くような兆候はない。

「ユリア君。何か変化は……ある？」

「ありません」

「眼の持続時間は？」

「戦闘をすれば消耗《しょうもう》しますが、今のままだとあと三時間は発動できます」

「……分かった。その調子で、周りを見ていて」

「はい」

この部隊の中で、周囲の環境《かんきょう》を異能で把握《はあく》できるのは僕だけだ。

黄昏眼《トワイライトサイト》。

手に入れた時よりも、今は練度が上がっている。

今までは魔力《まりょく》を完全に垂れ流して使っている感じだったが、調整も利《き》くようになっていた。

大きく魔力の総量が増えたのではなく、黄昏眼《トワイライトサイト》をうまく使えるようになっているのが、現状だった。

視界に入る世界は、黄昏色に染まっている。

初めはこの異常な世界に慣れてなく、嘔吐《おうと》することもあったが今は普段《ふだん》と同じ感覚で世界を見ることができる。

また、黄昏眼《トワイライトサイト》を発動している最中は五感も研《と》ぎ澄《す》まされる。

視界による情報がほとんどだが、周りの魔素の流れも感覚的に理解できる。

「止まってください」

僕は全員に聞こえるように、大きめの声で静止を呼びかける。

「ユリア君……もしかして？」

「はい。近づいてきています。かなりの数です」

「分かった」

ベルさんはコクリと頷《うなず》く。

「全員、これからは戦闘になる。準備を」

それぞれが武器を手に取り、接敵を待つ。

まだ視界では確認できていないが、僕の黄昏眼《トワイライトサイト》は周囲の魔素が異常に蠢いているのを捉《とら》えている。

「まずは私が先頭でいきます。残りのメンバーは四人で円陣《えんじん》を組むように固まって、戦って。死角をなくすような感じだね。ユリア君の助言の通り、互《たが》いに声を掛《か》け合ってね」

黙《だま》って頷く。

今回の作戦では僕の助言を取り入れてもらっている。

小集団に分かれて敵を各個撃破《げきは》していく感じだ。特に、死角はどうしても存在するのでそれを仲間でカバーし合うような形だ。

そして、しばらくして地面が微《かす》かに揺れるような感覚を覚える。

「来たね。じゃあ、行くよ！」

疾走《しっそう》。

ベルさんの全力疾走に合わせて、僕とロイさんもそれに続く。

Sランク対魔師三人による全力の戦い。

果たしてこの攻防《こうぼう》はどうなるのか。

と、考えてしまうが今は敵に集中すべきだろう。

『キイアアアアアアア！』

遭遇《そうぐう》した魔物は、蜘蛛《スパイダー》と巨大蛇《ヒュージスネーク》の群れだった。

「なんだこの数は⁉」

「これが大暴走《スタンピード》なのか⁉」

数としては目視できるだけでも百近くいるようだ。

他の対魔師が驚くのも無理はない。

普通は、これだけの数の魔物が群れていることなどありはしないのだから。

この現象自体はあることなのだが、問題はタイミングだった。まるで、僕らの作戦に合わせたかのような魔物の行動。偶然《ぐうぜん》で片付けるには、あまりにも意図的に思えるが……まずは、戦うべきだ。

ベルさんが一目散に敵陣《てきじん》に突っ込んでいくと、一閃《いっせん》。

一気に魔物たちは一刀両断されていく。

僕もまた黄昏眼《トワイライトサイト》だけでなく、黄昏刀剣《トワイライトブレード》を展開。

ベルさんと同じように、敵の中へと突っ込んでいく。

ベルさんとは以前にも一緒《いっしょ》に戦ったことがあるので、動きはある程度把握《はあく》している。

確かに彼女《かのじょ》は一対一での戦闘を得意としているが、別に集団戦を苦手としているわけではない。

むしろ、ベルさんほどの実力があれば戦闘の形態など些事《さじ》に過ぎない。

僕らは円陣を組みながら、小集団に分かれて次々と敵を撃破していく。

「ユリア!! ガンガンいくぞ!!」

「はい!!」

ロイさんの声に答える。

彼と一緒に戦うのは初めてだったが、ロイさんは非常にシンプルだ。

武器や、僕のように魔法《まほう》で武器を具現化するわけでもなく、純粋なる身体強化だけで戦っている。

振《ふ》るう拳《こぶし》。

しなやかに伸《の》びていく脚《あし》。

まるで舞《ま》っているかのような鮮《あざ》やかな戦い方。

一見すれば大雑把《おおざっぱ》にも見えるが、ロイさんはこれだけの敵の中でしっかりと戦う順序を決めて敵を屠《ほふ》っていた。

それに、身体強化だけでこれほどの威力《いりょく》を出せる人は見たことがない。

Sランク対魔師《たいまし》序列四位は伊達《だて》ではない。

僕らは連携《れんけい》を取りながら、敵と戦う。

「ユリア君! ロイ! 私たちは奥に行くよ!」

「おう！」

「分かりました！」

大暴走《スタンピード》での戦い方。

集団戦で訳のわからない中、戦っていると思うが実際は魔物も馬鹿《ばか》ではない。

後方で指揮官のような役割をしている魔物がいることは分かっている。

特にベルさんとロイさんは数年前の大暴走《スタンピード》を経験している。

だからこそ、先陣《せんじん》を切ってまずは敵のボスを倒《たお》すことに専念しているのだ。

今はちょうど数も減って来たので、残りのメンバーに残党は任せて僕らは先に進んでいく。

「見えた」

ボソリとベルさんが声を漏《も》らす。

視界に入ったのは、巨大《きょだい》な蛇《へび》のような姿ではあるが、ただの蛇ではない。

蛇の尻尾とギザギザの背びれからは煙《けむり》が立っている。

全身は赤く、顔の窪《くぼ》んだ眼窩《がんか》の中には、黄色い瞳が怪《あや》しく光っていた。

「サラマンダーか!!」

ロイさんが声を上げる。

サラマンダー。

火を司《つかさど》る魔物であり、生物を燃やすことに喜びを見出《みいだ》す魔物。

周囲には、ファイヤースネークもいるようだった。

サラマンダーを取り囲むようにして、僕たちのことを威嚇《いかく》してくる。

「……ここにサラマンダー？」

疑問だった。

どうしてこんなところに、サラマンダーがいるのだろうか。

そもそも、サラマンダーは黄昏危険区域レベル2にいるような魔物ではない。

ヒュドラと同様に、もっと奥の危険区域にいるはずの魔物。

それが大暴走《スタンピード》をまとめている。

確実に背後に何かあると思っていいだろう。

「ユリア、ベル！　周りの雑魚は俺がやる！」

「分かった！」

「はい！」

ロイさんがピタッと立ち止まると、僕とベルさんは彼の横を颯爽《さっそう》と駆《か》け抜《ぬ》けていく。

今回の戦いに際して、すでに段取りは済ませてある。

魔物のボスの存在が確認できた時、ロイさんが周囲の雑魚を相手にして、僕とベルさんがボスを倒す。

「はは、せいぜい足掻《あが》けよ？　雑魚どもがよおおおおおおお!!」

ロイさんの声が耳に入ってくる。

同時に、僕とベルさんは地面を思い切り蹴《け》って飛翔《ひしょう》した。

ロイさんの魔法。

彼は身体強化のスペシャリストではあるが、それはロイさんがそう見せかけているだけ。

実際、ロイさんの真価は身体強化とは別に存在する。

事前にそのことを共有していたので、僕とベルさんは合図とともに飛び上がったのだ。

「────裂破《れっぱ》!!」

魔物の悲鳴が次々と聞こえてくる。

ロイさんの真価。

それは、振動《しんどう》を伝えるということにある。

彼は自分の拳を地面に思い切りインパクトさせると、そこから魔法を発動。

地面を通じて、広範囲《こうはんい》に及《およ》ぶ魔物の体内に振動を流し込んだ。

ごく小さな魔素を振動させることで、魔物を内部から破壊《はかい》していく。

ただし、効果範囲《はんい》は半径五メートル。あまりにも強力な技なので、流石《さすが》のSランク対魔師であるロイさんでも制限はあるようだった。それに、この技はかなりの魔力を使うということで、一日に連発できるものではないという。

また、彼はSランク対魔師の中で最も魔素の扱《あつか》いに長《た》けている。

その真価が今こそ発揮された。

「ユリア君。まえと同じように行くよ!!」

「はい!!」

地面に降り立った僕たちは、再び疾走していく。

すでに周りにいたファイヤースネークはほとんどが内部から炸裂《さくれつ》して絶命していた。

今回の部隊でロイさんが採用されたのは、接近戦でも集団戦でも彼の使う魔法が有用だと評価されたからだ。

そして、僕とベルさんは二人でボスであるサラマンダーのもとへ向かっていく。

『ギィイイイイイイアアアアアア』

　威嚇しているのか、サラマンダーはとんでもない声量で叫《さけ》び声《ごえ》を上げるが、その程度で怯《ひる》む僕とベルさんではなかった。

サラマンダーの周囲に大量の魔《ま》法陣《ほうじん》が展開。

そこから大量の炎《ほのお》が次々と吐《は》き出されていく。

直撃《ちょくげき》してしまえば、絶命するのは必至。

それでも、僕とベルさんは死を恐《おそ》れず果《か》敢《かん》に敵へと突貫《とっかん》していく。

「……スゥ」

深呼吸。

僕は限界まで黄昏眼《トワイライトサイト》の性能を引き上げていく。

視界に映るのは大量の魔素。

そして次々と魔法陣が展開されて炎を吐き出しては、消えていく。

僕は黄昏眼《トワイライトサイト》によって近くした魔素の流れを把握。

そのおかげで、魔法陣が構築される前からどこに展開されるのかを把握する。

魔法陣が展開されるであろう場所に、魔素が集約していく。

魔素の流れを読み切ると、僕は姿勢をさらに低くして、さらに加速。

「ユリア君。私が切り開く！」

「分かりました‼」

ベルさんは僕よりも先に進行していく。

相手も流石に僕らの攻撃《こうげき》をそのまま受けてくれることはなく、ベルさんの目の前に超巨《ちょうきょ》大《だい》な真っ赤な魔法陣を展開。

ボンッ‼

と、大きな破裂音《はれつおん》を出して放たれたのは、超巨大な火球。

周囲にいるだけでも焼け落ちてしまいそうだ。

僕とベルさんは自分の体を魔素で覆《おお》うことで、なんとか熱に耐《た》えているが普通《ふつう》のままではとっくの昔に焼け落ちてしまっているだろう。

そのため、耐えることのできる時間もそれほど長くはない。

「スゥ――ハァ――」

ベルさんの後ろにピッタリとついていく。

彼女の深呼吸が聞こえたと同時に、きらめく閃光《せんこう》が僕の視界に映った。


「――第八秘剣《ひけん》、紫電一閃《しでんいっせん》」


超高速《ちょうこうそく》の抜刀《ばっとう》術。

放たれた一閃は、あろうことかサラマンダーが作り出した超巨大な火球を一刀両断してしまった。

魔法ではなく、ただの純粋《じゅんすい》な一振《ひとふ》りによって。

僕はそこからベルさんと入れ替《か》わるようにして、前に出ていく。

完全に呆然《ぼうぜん》としているサラマンダー。

おそらくはこんな形で自分の技が破られるとは思っていなかったのだろう。

僕は両手に展開している黄昏刀剣《トワイライトブレード》をサラマンダーの脳天めがけて、突《つ》き刺《さ》した。

『ギィイイイイイアアアアアアア!!』

苦しみの声を上げているが、ここで終わりではない。

僕は黄昏刀剣《トワイライトブレード》を軽く捻《ひね》ると、こう呟《つぶや》いた。


「――黄昏刀剣炸裂《フルバースト》」


サラマンダーの体内で黄昏刀剣炸裂《フルバースト》を発動。

身体中《からだじゅう》から大量の出血を確認すると、相手は地面に叩《たた》きつけられるように倒れ込んでいく。

さながら、巨大な大木が切り落とされるような鈍《にぶ》い音が響《ひび》き渡《わた》った。

「終わったようだな」

ロイさんが僕らのもとへと近寄ってくる。

両手の拳と脚は血に塗《まみ》れているが、返り血である。

彼《かれ》自身には全くの外傷などありはしなかった。

「はい」

「うん……やっぱりユリア君とは戦いやすいね」

「こちらこそ」

「まぁ、そこそこやるようだな。技の質も悪くねぇ」

ロイさんが値踏《ねぶ》みするような目で僕のことをジロジロと見てくる。

「えっと……お役に立てたなら、良かったです」

「は。ま、今後もせいぜい頑張ることだな。じゃ、俺は残党を狩《か》ってくる。お前たちはサラマンダーの処理でもしてろ」

瞬《また》く間《ま》にロイさんはこの場から去っていく。

後方では残りの対魔師の人たちが残りの魔物と戦っているが、全滅《ぜんめつ》までそれほど時間はかからないだろう。

ボスを失った魔物たちは、ただ散開するようにして逃《に》げるしかないから。

「……さて、と」

ベルさんと僕は倒したサラマンダーのもとへと近寄っていく。

「ユリア君は分かっていると思うけど、ここにサラマンダーが出るのはおかしい」

「はい。僕もそう思います」

「……今回の大暴走《スタンピード》のことも含めて、不可解な点が多いですね」

「うん。ここからは私の憶測《おくそく》だけど、敵は誘《さそ》っているのかもしれない」

「誘っている、ですか？」

ベルさんはサラマンダーの体を剣《けん》で細かく切り裂《さ》いて、魔法で炎を放った。

あとは燃《も》え尽《つ》きるのを待つだけだ。

もっとも、死体となった今でもサラマンダーには炎の耐性《たいせい》がある。

全《すべ》て焼き尽くすにはしばらく時間がかかるだろう。

「あえて私たちに普通では出会わないような魔物をぶつけて、実力を測っているか。それとも、何かしらの遅延行為《ちえんこうい》なのか」

「……なるほど」

「でも、今は作戦を進めよう。まずはこれだね」

ベルさんは胸にあるポケットから小さな結晶《けっしょう》を取り出した。

黄昏結晶《トワイライトクリスタル》。

エリーさんが残していったものだ。

もとは魔物から取れる物質らしいが、それを応用し逆に黄昏を中和する効果を発揮するように研究を重ねていったらしい。

ベルさんは地面に黄昏結晶《トワイライトクリスタル》を刺すと、魔力を流し込んだ。

「これで起動したかな?」

瞬間《しゅんかん》。

周りには、擬似《ぎじ》結界領域が展開された。

今までは黄昏の中にいることもあって、慣れてはいるが多少の苦しさはあった。

だが、今は結界都市の中にいる時と同じように、澄んだ世界が展開されていた。

結界都市ほどの規模ではないが、周囲をドーム状に包むようにして展開された擬似結界は、問題なく機能しているようだった。

「おぉ。本当に機能してるみたいだな」

「……うん。よかった」

「まずは通信用ってわけだな」

「そうだね。これで黄昏の中でも、ある程度の通信はできる」

通信魔法。

今までずっと開発されてきた魔法で、最近になって実用ベースになった。

小さな棒状の魔石に魔力を流し込むと、ペアになっている魔石から音声が発生するというものだ。

これによって、結界都市同士では通信が可能になった。

ただし、通信をするにはパスのようなものを繋《つな》ぐ必要がある。

そのパスは黄昏では完全に無効化されてしまうので、危険区域では完全に使えない代物《しろもの》。

そう思われていたが、今回の作戦でついに黄昏でも通信ができるようになった。

これが何を意味しているのか。

今までは、黄昏に出陣《しゅつじん》しても通信も何もできないので、行方《ゆくえ》不明になったのか、魔物に殺されてしまったのか。

何も分からないままになっていた。

だからこそ、黄昏に出る対魔師は限られており、慎重《しんちょう》にならざるを得なかった。

でも今回の作戦によって、黄昏でも通信ができるようになったので、今までよりもずっと動きやすくなっていくだろう。

小さな進歩のように思えるが、これは人類にとって大きな躍進《やくしん》だと僕は思っている。

「ちょっと試《ため》してみようか」

ベルさんは通信用の魔石を取り出すと、魔力を込める。

『こちらベルティーナ・ライト。聞こえる、サイラス？』

『あぁ。ベルか。どうやら成功したようだね』

僕とロイさんは聞こえてきたサイラスさんの声に、「おぉ！」と感嘆《かんたん》する。

本当に黄昏の中で通信ができている。

僕とロイさんだけではなく、部隊の対魔師たちもその様子を興味深そうに見つめていた。

『作戦は予定通り続ける。まずは、第一目標はほぼ達成。第二目標もよろしく頼《たの》むよ』

『……分かった』

通信はそこで終了《しゅうりょう》することになった。

「すごいですね。本当に通信ができてる」

僕は弾《はず》むような声で、ベルさんに話しかける。

「……うん。でも作戦はここから。気を引き締《し》めて行かないと」

「もちろんです」

今回の作戦。

黄昏危険区域レベル1と2に黄昏結晶《トワイライトクリスタル》を使用することで、擬似《ぎじ》結界領域を展開するのが目的。

ただし、結界を展開して終了ではない。

僕らは今日を含めて残り四日。

ここに駐屯《ちゅうとん》することになっている。

理由としては、擬似結界領域がしっかりと機能しているのを複数日にわたって確認するため。

また、結界の中には魔物は入ってこられないとはいえ、ある程度は間引いておく必要がある。

そのため、僕らの作戦はまだ終わりではない。

むしろここからしっかりと油断せずにやって行かないといけない。

ただし第一目標はほぼ達成したといってもいいだろう。

残りの期間はこの地点を数日の間守りつつ、次の地点に行って駐屯基地を設置する手伝いをすればいい。ともかく、今のところは順調だ。

そうして僕らは、一日目の夜を迎《むか》えるのだった。

◇

夜の帳《とばり》が下りた。

今日は少しだけ曇《くも》っているので、いつものように綺麗《きれい》な星空は見えなかった。

僕らは交代で睡眠《すいみん》を取ることになっている。

食事は携帯《けいたい》食料を持ってきているし、水も十分に準備してある。

それに最悪、僕の場合は黄昏で生き抜いた経験があるので食べられる植物などを見分けることも可能だ。

ただ、そんなことにはならないと思うけど。

今は仮眠《かみん》から起こされて、僕が周りを見張る番になっている。

駐屯基地とまでは行かないが、ある程度の装備品などは持ってきているので、快適に睡眠をとることができている。

仮設されたテントも十分に役割を果たしているようだし。

「おーっす。ユリア、元気か？」

「ロイさん。どうも」

ペコリと頭を下げる。

ロイさんは右手を上げて、僕の方へと近寄ってくる。

いつもはしっかりと髪《かみ》の毛《け》を立たせているが、今は水浴びでもしたのか完全に髪が下りていて新鮮《しんせん》な感じがした。

「作戦、上手《うま》くいってるみたいだな」

「そうですね。よかったです」

「ただ油断は禁物だぜ？」

「はい。例の件、ですよね？」

「おう。どこで仕掛《しか》けてくるのか、分からねぇからな。それとも、お前が仕掛けてくる可能性もあるからよ」

ニッと笑っているが、目は笑っていなかった。

ロイさんの性格。

それに魔法なども知っているので、ある程度は仲良くなれていると思う。

けれど、実際は違《ちが》う。

心の奥底《おくそこ》では互いに疑っているのが現状。

おそらく、魔法もあれが真髄《しんずい》……というわけではないのかもしれない。

奥《おく》の手《て》はいつだって、隠《かく》しておくべきものだからだ。

「さて、と。じゃ、ユリアの女のタイプでも聞くか！」

「へ？」

真剣《しんけん》な雰囲気《ふんいき》から打って変わって、ロイさんはそんなことを言ってくる。

「女性のタイプですか？」

「おう。まあ、座《すわ》れや。ちょうど枯れ木《かき》を集めてきたんでな」

「は、はい」

枯れ木を目の前に置くと、魔法で着火。

メラメラと炎が燃え上がっていく。

「で、どうなんだ？」

「どう……とは？」

「女だよ、女」

「えっと……好みのタイプですか？」

「おう！　やっぱり男は酒と女だからな！　お前はまだ酒は飲めねぇし、女しかないと思ってな！」

ガハハ！　と豪快《ごうかい》に笑っているが、果たしてなんと答えるべきなのか。

「うーん」

「前にも言ったが、お前の周りは女だらけだろう？　一人くらい、気になるやつはいねぇのか？」

「いや……」

と、言われて思い出すのは、シェリー、ソフィア、リアーヌ王女、エイラ先輩《せんぱい》の四人だった。

確かにこの四人とは特別仲がいいが、恋仲《こいなか》的な意味で見たことは一度もない。

「どうなんでしょう。僕にはまだよく分かりません」

「カァー！　全く、若いな！」

「若い、ですか？」

「おう。ま、こんな世界で生きているんだ。好きな女の一人くらいいた方が、戦う時もやりがいがあるってもんだぜ？」

「ロイさんには意中の女性がいるんですか？」

持ってきているボトルから水を飲もうとしていたが、ロイさんは途中《とちゅう》でそれを止める。

「まぁ……そうだな。いないことは、ねぇ」

先ほどまでは僕を揶揄《からか》うような感じだったけど、今は違った。

真剣な雰囲気に僕は何も言えなかった。

そう話をしていると、後ろから誰《だれ》かが歩いてくる気配がした。

「……面白《おもしろ》そうな話、してるね」

ベルさんだった。

ちょうどベルさんも仮眠から目覚めて、見張りをする番になったらしい。

「なんだよ。ベルも交ざりてぇのか」

「うん。興味がある」

「ふ。じゃあ、いいだろう」

うーむ。

僕としては非常に気まずい感じでもある。

僕。

ロイさん。

ベルさん。

この三人で異性の話をするなんて、予想もできないことだったが……こんな夜もたまにはいいのかもしれない。

「ユリア君はリアーヌ様とは……どうなの？」

「リアーヌ王女ですか？」

「うん。仲がいいでしょう？」

「まじか！　お前、あの王女様を狙《ねら》っているのか⁉」

「狙ってるなんてそんな！」

慌《あわ》てて否定する。

相手は王族だ。まさかそんな彼女に恋《こい》することなど、ありえない。それにリアーヌ王女だって、僕のことを異性として見ているわけがないだろうから。

「いやいや。分かるぜ。あれはもはや人間の領域にない美貌《びぼう》だってのは。でも、流石にやばくねぇか？　相手は王女だぜ？」

「いやいや。だからそんなつもりはないですって」

「……でも、リアーヌ様はユリア君の話をするときは、とても楽しそう」

「そうなんですか？」

パチッ、パチッと木々が弾《はじ》ける音が聞こえてくる。

ベルさんはじっと火を見つめながら、そう言ってくる。

「うん。だから、ユリア君はどう思ってるのかなって」

「僕《ぼく》は別に……普通ですよ。友人、というとおこがましいですが、仲は悪くないと思っています」

「ふふ」

ベルさんは微笑《びしょう》を浮《う》かべる。

「どうかしたんですか？」

「ううん。そういえば、エイラちゃんはどうなの？」

「エイラ先輩ですか？」

「お、エイラか！　そういえば、あいつはユリアが後輩《こうはい》になってから、妙《みょう》にやる気だが
……もしかしてそうなのか？」

ロイさんは興味津々《きょうみしんしん》なようだった。

エイラ先輩か。

僕としては、尊敬すべき素晴《すば》らしい先輩という認識《にんしき》だ。

「聞いた話だけど、エイラちゃんの部屋にお泊《と》まりしたとか」

「はぁ!?　お前、まさか幼児体型が好きなのか！」

「べ、別に何もありませんでしたよ！」

「そうなの？」

「はい！　というか、どこでそんな話を……」

「エイラちゃんから聞いたんだよ？　絶対に誰にも言うんじゃないわよって……あ……」

どうやらベルさんは気がついたらしい。

自分が失言をしていることに。

「ははは！　ベルらしいがな！　こいつの天然は昔からだからな！」

ロイさんはお腹《なか》を抱《かか》えて笑っているが、ベルさんは頬を膨《ふく》らませて彼のことを睨《にら》みつけていた。

「ロイ。人間には……向き不向きがあるの」

「そうだな。お前は実力は人類の中でも頂点だが、天然だからな！」

「天然じゃない……」

「ユリア。天然と思うよな？」

「え……」

ロイさんは「な」と言って、肯定《こうてい》するように促《うなが》してくる。

一方でベルさんは、「そんなことないよね？」と目で訴《うった》えてくる。

でもここは……。

「すみませんが、ベルさんはちょっと天然だと思います……」

「がーん！」

頭を抱えてショックを受けている様子だった。

「ははは！　一番後輩のユリアに言われてるんじゃあ、間違《まちが》いないな！」

「ううう……ロイはいつかバチが当たる……」

恨《うら》めしそうに睨んでいるが、そんな様子も可愛《かわい》らしかった。

「あはは」

僕は自然を笑《え》みをこぼしていた。

今まではずっと緊張《きんちょう》感を持っていたが、時にはこうして談笑《だんしょう》に花を咲《さ》かせるのも悪くはない。

「で、ユリアは結局誰を選ぶんだ？」

「シェリーちゃんとも仲がいいよね？」

「シェリーってあれか。ベルの弟子《でし》だよな」

ベルさんは小さく頷《うなず》く。

「うん。とっても可愛いよ」

「はぁ……こいつって、そんなにモテるのか？　まぁ戦っている姿は悪くねぇけど、普段《ふだん》は雰囲気ねぇだろ」

「あはは……」

苦笑いを浮かべるしかないけど、ベルさんが思いがけないことを口にする。

「ロイは女心をわかってない」

「は？」

「普段は頼《たよ》りないけど、時折見せる苛烈《かれつ》さがイイんだよ。ギャップ萌《も》え」

「ベル……お前、そんなことを考えるようになったのか？」

「ううん。基地で女の子たちが言ってた」

「だよな。ビビったぜ」

僕はその話を聞いて、エイラ先輩と話した時のことを思い出す。

曰《いわ》く、僕にはファンクラブのようなものがあるらしいと。

「ユリア君は年上に受けるんだよ」

「はぁ……そんな、もんかぁ」

「ロイは逆に、ちょっと怖《こわ》い」

「はぁ!?　なら言わせてもらうが、ベルは無口で愛想《あいそ》がねぇ」

「……否定はしないけど」

「あと胸が――」

そこから先の言葉を聞くことはなかった。

なぜならば、目にも留まらぬ速さでロイさんが組《く》み伏《ふ》せられていたからだ。

「い、痛えええええ！　関節きまってる！　ベル！　折れる！」

「私はまだ成長期なの？　分かる？」

「ひっ」

その瞳《ひとみ》には全く光が点《とも》っていなかった。

ベルさんに胸の話題は厳禁。

分かってはいたけど、僕は隣《となり》で震《ふる》えているしかなかった。

「あぁ、まだ成長期なんだよな？」

「うん……そう」

これ以上の失言は命が危ないということで、ロイさんはそれ以上何も言わなかった。

そして僕は話題を変えようと、気になっていることを聞いてみることにした。

「あの……ベルさんとロイさんて、仲がいいですよね？　確か同期だとか」

「あぁ。その話か」

「そう……だね。一応、同期、でも私は対魔師《たいまし》になるのが、遅《おそ》かったから」

「理由を聞いてもいいですか？」

「うん。私はもともと、普通の家庭に生まれて対魔師になるなんて、考えてもなかったの」

「そ、そうなんですか？」

「そうだよ。小さい頃《ころ》は別になりたいものもないし、普通にずっと結界都市で暮らしていくと思ってた。あの時までは」

　ベルさんは虚空《こくう》を見上げる。

　ロイさんもまた、じっと弾ける木々を見つめていた。

「私の師匠《ししょう》に出会うまでは」

「師匠……確かSランク対魔師ですよね？」

「だった、が正しいかな。今はもういないけど、師匠が私の才能を見出してくれたの。そこから対魔学院に入って、すぐに飛び級で卒業。そこから軍に入って、今に至る……って感じかな？」

「ユリア。こいつサラッと言っているが、まじのバケモンだからな」

「バケモン、ですか」

「あぁ。正直、俺《おれ》は当時は調子に乗っていた。学院を主席で卒業して、軍でも順調にキャリアを進めていく。Sランク対魔師になるのは時間の問題だと。それで、ちょうど次のSランク対魔師を決める時、俺は候補にも挙がれなかった」

「つまり……」

「そうだ。満場一致《まんじょういっち》で、ベルが選ばれた。まさに流星の如く、Sランク対魔師に上り詰《つ》めたんだ」

「ふふ。ちょっと照れる」

「褒《ほ》めてねぇよ、バカ」

「む……バカじゃない。バカって言う方がバカ」

「はいはい。それで――」

「むぅ……」

完全に無視をして話を進めるので、ベルさんは頬を膨らませて怒《おこ》っていた。

ただ、ロイさんの話を遮《さえぎ》るようなことはしなかったが。

「もちろん、調子に乗ってる俺はキレたわけさ。こんなポッと出てきた女が、Sランク対魔師なんてありえねぇってな」

「それで、模擬《もぎ》戦をしたとか？」

「あぁ」

「勝敗は？」

「分かってるだろ。圧倒的《あっとうてき》に負けた。否定できないくらいに、情緒《じょうちょ》をぐちゃぐちゃにされてな」

「え……そうだったの？」

「は。お前は当時は俺のことなんて、気にも留《と》めてなかっただろ？」

「ご、ごめん……」

「いいんだよ。ずっと自分のことを天才だと思っていた俺は、真の天才に出会ったおかげでここまでこれた。正直、ベルに鼻っ柱を折られていなければ、今の俺はない」

「そんなことが……」

「あぁ。挫《ざ》折《せつ》も挫折。それに、高いプライドのせいで、俺のメンタルはぶっ壊《こわ》れた。でも、俺はずっとベルを目標に据《す》えて今も戦っている」

「……薄々《うすうす》、そうなのかなって思った。ロイはいつも無駄《むだ》に絡《から》んでくるし……」

「ははは！　そうだな！　でも、俺は序列一位になるぜ？」

「どうしてそこまでこだわるの？　序列に意味はあるの？……私は、人類のために戦えるのなら、そんなことは気にしなくていいと思うけど」

ぼそりと呟くベルさんの言葉。

それは、僕の心にとても響いた。

序列。

Sランク対魔師は強さに応じて、序列が設定されている。

確かに、言われてみれば序列を上げること自体に意味はないのかもしれない。

対魔師という時点で僕らは同じなのだから。

「確かに……序列にそこまで意味はねぇのかもしれねぇ。俺たちは同じ仲間で、戦っているに過ぎねぇからな。でも、目標ってやつは必要だろう？　全員が人類のために戦っている。大義名分はある。だが俺は、それ以上に具体的な、そして圧倒的な目標が欲《ほ》しかった。それこそが、序列一位。自惚《うぬぼ》れていた俺が唯一《ゆいいつ》残しているのは、その野望だけだ。譲《ゆず》る気はないぜ？」

ニカッと笑みを浮かべるロイさん。

そうか。

今日、ベルさんとロイさんと話をしてみて、二人の人となりが理解できた気がする。

Sランク対魔師だって同じ人間。

みんな、それぞれの意志を胸に戦っているんだ。

この過酷《かこく》な黄昏《たそがれ》の中で。

僕は一緒《いっしょ》に戦うことができて、今日話をすることができてよかった。

そしてこの二人と……いや。

他《ほか》のＳランク対魔師の人たちともっと一緒に戦いたい。

そうすれば、本当にこの黄昏を打ち破ることができるのかもしれない。

そんな予感が僕にはあった。

「ロイ……」

ベルさんは真剣な眼差《まなざ》しでロイさんのことを見つめていた。

「昔から思ってたけど、ロイって大雑把《おおざっぱ》に見えて繊細《せんさい》だよね」

「あ？　喧嘩《けんか》売ってるのか？」

「ううん」

ふるふると首を横に振《ふ》る。

「ルーティーンもそうだし、ロイは凄《すご》い。物凄《ものすご》く努力してる。尊敬する、素直《すなお》に」

「……へ。言ってろ」

ロイさんはベルさんから顔を背《そむ》ける。

でも、彼が照れているのは僕にだって分かることだった。

ロイさんとベルさん。

タイプは全く違うけれど、二人ともちゃんとした芯《しん》を持っている。

これが序列上位の二人。

ギュッと拳《こぶし》を握《にぎ》る。

僕も負けていられない。

いつか二人を超《こ》えるような、対魔師になるんだ。

「ユリア君もよくここまでついてきてると思う。いや、違うね。ユリア君はもう……主力と言っても差し支《つか》えないよ」

「僕がですか？」

主力？

僕なんてまだ序列も低いし、二人と比《ひ》較《かく》すれば魔《ま》法《ほう》にはムラもある。

魔力《まりょく》は確かに多いかもしれないけど、精密な操作はまだまだ。

「……うん。ユリア君はきっと序列一位になれる器《うつわ》。ロイもそう思うでしょ？」

「先に序列一位になるのは俺だ。でも、まぁ……悪くねぇ。その若さで、あの実力。才能があるのは認めてやるよ。ま、まだまだだがな」

「そう……ですか」

認めてもらうことは嬉《うれ》しかった。

それと同時にこの人たちの期待を裏切ってはいけない、という気持ちを抱《いだ》く。

「ありがとうございます。そうなれるように、今後も頑張《がんば》ります」

「うん」

「はぁ……謙虚《けんきょ》だな。お前は」

「それだけが取《と》り柄《え》かもですね」

「抜《ぬ》かせ」

強めに肩《かた》を叩かれるが、それもどこか心地《ここち》よかった。

そうして僕らは再び、眠《ねむ》りにつくのだった。

無事にこの作戦が終わるように願いながら。

だが、僕たちはまだ知らない。

この先に待っている圧倒的な脅威《きょうい》がすぐそこにまで迫《せま》ってきていることを。

◇

「よっと。さて、行きましょうかサイラス」

「ええ。エイラさんは準備できていますか？」

時は作戦開始時に遡《さかのぼ》る。

ユリアたちの部隊だけではなく、他の部隊もまたSランク対魔師を主軸《しゅじく》としてしている。

今回の魔物《まもの》の大暴走《スタンピード》は一箇所《かしょ》だけで起きているものではない。

危険区域レベル1では問題なく、擬似結界領域を展開できたが、レベル2ではまるで誰かが人為的《じんいてき》に発生させているかのように、複数の場所で大暴走《スタンピード》が起こっていた。

先陣《せんじん》はベルたちの部隊に任せているが、最も数の多い大暴走《スタンピード》は別の場所で起こっていた。

そこで千を超える魔物の群れが集まっていた。

多種多様な魔物が集まり、結界都市を目指している。

この大暴走《スタンピード》に立ち向かうSランク対魔師は二人。

サイラス。

エイラ。

この二人は特に集団戦に特化している。

そのため採用されたのだが、サイラスはともかく、エイラの実力をよく知っている者はまだ少ない。

ユリアよりも先輩とはいえ、まだＳランク対魔師になってから長くはない。

彼女《かのじょ》の実力を疑問視するのも不思議ではない。

実際、同じ部隊の対魔師たちはエイラで大丈夫《だいじょうぶ》なのか？

と、思っている人間もいるほどだ。

しかしそれは、早々に覆《くつがえ》されることになる。

「エイラさん。先は任せてもいいですか？」

「いいの？」

「ええ。凍《こお》らせてしまった方が早いでしょう」

「残党は？」

「私が一匹《ぴき》残らず刈《か》り取ります」

「分かったわ」

エイラは腰《こし》に差していた、氷の杖《つえ》を取り出す。

氷結の杖《グレイシアウオンド》

それは、エイラがもつ魔道具の一つ。

彼女は多種多様な魔道具を扱《あつか》うことができるが、その中でもこれは切り札と呼ぶべきものだ。

彼女が得意とする魔法は氷。

前の襲撃《しゅうげき》では、氷結の杖《グレイシアウォンド》が手元になかったので真価を発揮することができなかった。

だが今は違う。

彼女はたった一人で先頭に立つと、目の前から迫ってくる魔物の群れに立ち向かう。

「さ、流石《さすが》に危ないのでは⁉」

「自分もそう思います！」

「あの数をどうにかできるのですか⁉」

サイラスはエイラから距離《きょり》とった後方で控《ひか》えていた。

そして彼《かれ》の周りには心配の声をあげる対魔師が多くいた。

「しっ。今、彼女は集中しています」

エイラは氷結の杖《グレイシアウォンド》を構えて、魔法を構築していく。

彼女の周囲には冷気が漏《も》れ出し、周囲の草木は一瞬《いっしゅん》で凍りついていく。

「心配なさらず。Sランク対魔師は決して伊達《だて》ではありません。彼女の真価、しっかりと目に焼き付けておくといいですよ？」

にこりと笑みを浮かべるサイラス。

それ以上、否定的な声が出ることはなかった。

「……まだ、まだ足りない」

魔物は迫ってきている。

並の人間だったならば、とうの昔に逃《に》げ出しているだろう。

そんな中でエイラは自分自身と向き合っていた。

発動する魔法は彼女が持っている中でも最大のもの。

広域干渉《かんしょう》系魔法。

扱える対魔師はほとんどおらず、使用者はSランク対魔師に限られる。

その中でもエイラは、その魔法のスペシャリストと言ってもいいだろう。

各対魔師には、それぞれの強みというものが存在する。

エイラは確かに、近接戦闘《せんとう》に限ればSランク対魔師の基準にギリギリ届く程度。

及第点《きゅうだいてん》クラスである。

ではどうして、エイラが若くしてSランク対魔師に抜擢《ばってき》されたのか。

それは——。


「——絶対凍結領域《ゼロ・スフィア》」


エイラの鼻の先まで、魔物は迫っていた。

先頭にいたホワイトウルフは大きな口を開けて、エイラの頭蓋《ずがい》を噛《か》み砕《くだ》こうとしていたが、彼女の目の前には一面の氷の世界が広がっていた。

また、凍りついているだけではない。

氷に呑《の》まれてしまった魔物は、その全《すべ》てがすでに絶命している。

「ふぅ。こんなものかしらね」

「流石は氷結の魔女《まじょ》。素晴らしいね」

「その二つ名、好きじゃないの」

「そうか。でも私は似合っていると思うよ」

「ふーん。ま、どうでもいいけどね」

　さらっと桃色《ももいろ》のツインテールを後ろに流すエイラ。


「な……」

「これは……」

「これが、Sランク対魔師……」


　圧倒的な魔法に、サイラス以外の対魔師が戦慄《せんりつ》していた。

　氷属性の極地と言われている魔法。

　文献《ぶんけん》でしか名前を知らない者は多いだろう。

　発動した魔法は、絶対凍結領域《ゼロ・スフィア》。

　絶対零度《れいど》の世界を作り出す。

　そして、あろうことかエイラはそれを広域干渉系魔法として扱える。

　絶対零度を作ること自体は、できる対魔師はいるにはいる、もっとも数は相当少ないが。

　だが、それを広域干渉系として発動できる対魔師はエイラの他にはいないだろう。

物質の振動《しんどう》を減速させ、完全に停止させることで、氷の世界は完成する。

こと、減速と停止という二つに限れば、エイラの右に出る対魔師は存在しないだろう。

これこそが、Sランク対魔師としてのエイラの真価。

若くしてSランク対魔師に抜擢されるのは、自明だった。

「あんたたち、残党は任せたわよ。私は氷の範囲《はんい》を広げるから」

『は、はい!!』

初めはこんな小さな女に何ができる、と思っていた対魔師が多かった。

今となってはエイラの力を完全に認めたのか、残っている魔物を狩《か》るために散っていく対魔師たち。

一方のサイラスといえば、左右の手を軽く振るって次々と逃げ惑《まど》う魔物たちを細切れにしていた。

「……相変わらず、バケモンね。あんた」

サイラスの隣に立つエイラは、そう吐《は》き捨てる。

「そうですか？　エイラさんも凄《すさ》まじいですけど」

「私の場合は、氷特化だから。でもあんたは違う。魔法は全てにおいて、高水準。それに、そのワイヤーは集団戦でも個人戦でも活《い》きてくる。伊達に、歴代最強と言われてないわね」

「ふふ。お褒めいただき、ありがとうございます」

と、話をしている最中でさえ、サイラスは左右の手を動かして次々と魔物を細切れにしている。

「これ、私必要だったかしら？」

「ええ。現に、私は楽ですから」

「はぁ？　そのために私をこの部隊に入れたの」

「建前ですよ」

にこりと笑みを浮かべるが、エイラはそれがいつも気味が悪いと思っていた。

底知れない実力。

まだ本気を出していないにもかかわらず、この圧倒的な蹂躙《じゅうりん》。

最強の対魔師。

彼を前にして、畏怖《いふ》を覚えないものはいない。

「エイラさんはまだ目立った実績がありませんから。見せつけるためにも、この舞台《ぶたい》は重要なのです」

「……見せしめってこと？」

「言い方がよくないですが、そうですね」

サイラスは両手の動きを止めると、軽く深呼吸をした。

「Sランク対魔師は象徴《しょうちょう》でいなければならない。全員が全員、人類の希望でないといけないのです。でも、人は目に見えるものしか信じられない。百聞《ひゃくぶん》は一見《いっけん》に如《し》かず。きっと、彼たちは今日のあなたの活躍《かつやく》を広めてくれますよ？」

「……私、やっぱりあんたのこと嫌《きら》いだわ」

「おやおや。私はエイラさんは好きですけどね」

「ふん。言ってなさい。私は先に行くから」

「ええ」

エイラの走り去っていく姿を、サイラスは見つめていた。

それがどんな表情であったのか。

その真実を知るものは、誰もいない。

第四章　七魔征皇《しちませいこう》

最終日。

僕らの今回の作戦も終わりを迎《むか》えようとしていた。

黄昏結晶《トワイライトクリスタル》は問題なく機能している。

通信魔法も幾度《いくど》となく試《ため》しているけれど、問題はない。

このままいけば、第二目標である駐屯《ちゅうとん》基地の設置も無事に達成できる。

そうなれば、かなりの進歩になる。

今まで人類が先に進めていなかったのは、黄昏で立ち止まる術《すべ》がなかったから。

僕は例外だが、普通《ふつう》の人間は黄昏の中に長時間いると、黄昏症候群《トワイライトシンドローム》が急激に進行して、燃えるようにして絶命してしまう。そのため、いくら黄昏に対してある程度の耐性《たいせい》がある対魔師とはいえ、二日以上の滞在《たいざい》は命の危険があるとされている。

長くても一日。

Sランク対魔師の任務であっても、黄昏に駐在《ちゅうざい》する任務は今までなかったのを考えれば、分かりやすいかもしれない。

それに今回の擬似《ぎじ》結界領域があれば、黄昏によって強化されている魔物も弱体化する。

黄昏にいる魔物が強力なのは、体に黄昏領域《トワイライトフィールド》を纏《まと》っているからだ。

ただし、この擬似結界領域ではそれも無効化される。

この領域は通信ができるだけではなく、魔物も弱体化できるという二次的な効果もあるのだ。

「うん……これで、終わりだね」

ベルさんの一声。

これでついに僕らの作戦は終わることになった。

おそらくは、今後も通信魔法は危険区域レベル2までなら、使うことができるだろう。

「残りは駐屯基地を設置する予定のポイントに移動して、周囲の魔物を狩るだけ。みんな、改めて本当にありがとう。一人も犠牲《ぎせい》を出すことなく、無事に終えることができて本当によかったよ。」

ベルさんは頭を下げる。

長い髪《かみ》が前に流れる。

「いえ。こちらこそ、ありがとうございます」

「はは！　ま、ベルにしてはよくやったんじゃねぇか？」

僕《ぼく》とロイさんの言葉に続いて、他の対魔師たちもベルさんに感謝を述べる。

Sランク対魔師序列二位。

その肩書《かたが》きがあるからこそ、僕らは信じてついてこれた。

加えてベルさんはとても周りを見ている。

一人一人に呼びかけて、調子が悪くないかどうか毎朝確認《かくにん》する。

その献身《けんしん》性を見て、彼女に感謝しないものはいないだろう。

実力だけではなく、人格も兼《か》ね備《そな》えている。

サイラスさんのような圧倒的なカリスマはないけれど、僕はベルさんも同じような存在だと思っている。

そうだ。

これだけのメンバーがいれば、立ち向かうことができる。

あとは裏切り者の問題だけど……僕らの方では何も掴《つか》むことはできなかった。

流石に、あれだけ派手に動いたから仕《し》掛《か》けてこないか？

そう思いつつ、僕らは駐屯基地を設置する予定になっているポイントへと向かう。

場所としては黄昏の深部ではなく、危険区域レベル1と2の境目になっているところだ。

そこに駐屯基地を設置できれば、今後は黄昏内でかなり行動がしやすくなるだろう。


現在はちょうど深夜で、朝になる直前だった。

全員で後片付けをする。

簡易的に設立したテントを片付けて、周囲を改めてざっと見回す。

今回は他の対魔師の人が、周囲の索敵《さくてき》をすると言ってくれたので、僕らはテントの片付けに集中していた。

そしてちょうど、移動するために燃えていた火を消した瞬間《しゅんかん》に違和感《いわかん》を覚える。

光源はここしかない。

燃えている火を消せば、明かりは消えて月明かりだけになるのは当然のことだろう。

だというのに、今いる地点は明るいのだ。

空を見る。

距離としてはそれほど遠くはない。

ただ、何か明るいものが近づいてきているようだった。

「ベルさん。もしかして、魔物かもしれません」

「……うん。でも、こんなに明るい魔物は知らない」

「確かになぁ。魔物か、それとも別の存在か。ま、しっかりと確かめようぜ？」

僕らは円陣《えんじん》を組んで、周囲を警戒《けいかい》する。

離《はな》れていた仲間は近くにいるのだろうが、どこにいるのか分からない。

無事だといいのだが……。

「熱？」

熱を感じる。

それに徐々《じょじょ》に光源は確実に近づいてきているようだった。

もしかして、炎《ほのお》を纏っている魔物が近づいてきているのか？

以前戦ったサラマンダーのことを考えても、ここまで強力な炎は纏っていなかったはずだ。

もしかして、魔物ではない別の存在？

それとも？

と、考えていると目の前に——燃え盛る何かがやって来た。

「えーっと。ユリア、という方はあなたでいいんですかね？」

理解のできる声が聞こえてきた。

巨体《きょたい》。

圧倒的な巨躯《きょく》を有している。

身長は二メートルを優に超え、体全体からは炎が溢《あふ》れ、肉体は筋肉でコーティングされているようだった。

また、人が着るような衣服をまとっているが、それは全く炎で燃えていなかった。頭には大きな二つの角が生えている。

一見すれば、人間に見えなくもない。

でも違《ちが》うのはハッキリと分かってしまう。

溢れだす邪悪《じゃあく》な魔素。

広がる炎。

そして相手が指を軽く振ると、一人の対魔師へと炎が迫っていく。それに反応した僕とベルさんだったが、すでに遅かった。仲間の一人は、完全に炎に飲み込まれて絶命してし

まった。

声を出す余裕《よゆう》すらなかった。

それに怒《いか》りを覚えたのか、ロイさんは叫《さけ》び声《ごえ》を上げる。

「て、テメェえええええええええええええ!!」

ロイさんはすでに走り出してしまっていた。

ベルさんの呼びかける声も届いていない。

「ロイ!! ダメ!!」

先ほどまで一緒に笑い合っていた仲間たちの命が散っていった。

ロイさんは誰《だれ》よりも情に厚い人なのは分かっていた。

口は悪いけど、仲間思いなのは今回の作戦を通じて理解した。

だからこそ、許せなかったのだろう。

まるで仲間の命がゴミのように扱われてしまうのは。

「ん？　あなたは別にどうでもいいんですが」

相手はチラッとロイさんの方を見つめるが、あまり興味のなさそうな視線を送る。

「なっ……⁉」

ロイさんの攻撃《こうげき》は、相手に届くことはなかった。

炎の壁《かべ》に完全に押《お》さえつけられてしまっていたから。

ロイさんもすぐに冷静になったのか、後方へと下がってくる。

「ロイ。冷静になって……‼」

「分かってる。こいつ、尋常《じんじょう》じゃねぇ……」

「……」

生唾《なまつば》を飲み込む。

魔物、の一種と考えていいのか。

そもそも、言葉を話す魔物なんてほぼ見たことはない。

僕は黄昏の世界の全てを知った気になっていた。

黄昏に追放された時に出会った、クラウドジャイアントは例外だけど、言葉を話すのは

それ以外では知らない。

それに圧倒的にこいつは強い。

分かる。

肌《はだ》がひりつくような感覚。

一瞬でも油断してしまえば、殺されてしまうことを僕らは気がついていた。

「私が時間を稼《かせ》ぐ。二人は、別の部隊に合流して仲間を呼んできて」

間が悪いことに、通信魔法が使える擬似結界領域からは離れてしまっている。

いや、間が悪いんじゃない。

きっとこいつは狙《ねら》っていたんだ。

「ベル……やれるのか？」

「魔剣《まけん》を完全に解放する」

「だが、それはお前の体が――」

口調から察するに、ベルさんは魔剣を使うことで何か大きなデメリットがあるようだった。

そのことを考慮《こうりょ》しても、全力で戦うしかない。

ベルさんは分かっているんだ。

「あなたが戦うと？」

「黙《だま》ってかかってこい。デカブツ」

「ふむ……強いですね。分かります。持っている剣《けん》は魔剣。それに、滾《たぎ》りますね。あなたを殺しても、面白《おもしろ》いんでしょうが──」

魔剣のこと知っている？

そもそも、こいつは何なんだ。

体に纏っている炎は明らかに尋常ならざるもの。

「残念ですが、今回の狙いはあなたです」

転瞬《てんしゅん》。

僕は自分の体が地面に飲み込まれていくのを感じ取った。

地面にある自分の影《かげ》に飲み込まれていく。

「ユリア君！」

「ユリア！」

二人の声が聞こえてくる。

懸命《けんめい》に伸《の》ばしてくる手も、しっかりと見えた。
僕もなんとか手を伸ばすが――。
届かない。
だからこそ、最後に僕は言葉を残す。
「――大丈夫です。僕は絶対に、負けませんから」
精一杯《せいいっぱい》の笑《え》みを浮《う》かべる。
もしかしたら、僕は死んでしまうのかも知れない。
その可能性だってある。
でも、僕は……戦うしかない。
それだけが、残された僕にできることだから。

「ユリアアアアアアアアア!!」
「ユリア君!!」

二人の声は最後まで僕の耳に届いていた。

そして、飲み込まれた先にあったのは不思議な空間だった。

ただ地面の中に来たわけではない。

おそらくは別の空間……結界の中か？

「さっきぶりですね」

「……あなたは？」

薄暗《うすぐら》い暗闇《くらやみ》の世界。

ただし、天には星のようなものがきらめいていて、光源は確保できていた。

「私は七魔《しちま》征皇《せいこう》、序列七位。イフリートといいます」

気になる単語がいくつも出てきた。

「七魔征皇？　それにイフリート？」

七魔征皇。

ちょうどリアーヌ王女から聞いていた伝承と同じだ。

魔物の起源となっている存在ではあるが、確認されているわけではない。

あくまで空想上の存在、リアーヌ王女はそう言っていたが実在する可能性もある……と言っていた。まさか、その存在が僕の目の前に現れるなんて。

それに、イフリートいう名前も気になる。

それは炎の精霊《せいれい》の名前だった気がするからだ。

こいつは精霊なのか？

いやしかし……精霊のようには見えない。

確かに肉体は目の前にあるのだから。

「さて、と。あなたは、少し活躍し過ぎましたね」

「どういう意味だ？」

僕は相手を睨《にら》みつけるが、全くそれを意に介《かい》していないようだった。

言葉を交《か》わすことができるのにも驚《おどろ》くが、話し方などからしても知的レベルが高いことが窺《うかが》える。

「ふふ。これ以上の情報は言うなと、言われてるもので。さて、残念ですがあなたを殺します」

殺気。

先ほどとは比較にならない規模の熱量。

もしかして、僕らが大暴走《スタンピード》で戦ったあのサラマンダーはこいつの仕業《しわざ》なのか……。

炎の精霊の名前を名乗っている以上、そう考えた方が良さそうだ。

「……」

「お、いいですね。良い魔素です」

全ての能力を限界まで引き上げる。

まずは黄昏眼《トワイライトサイト》を発動。

相手を魔素から分析《ぶんせき》するが、思っている以上のものは見えなかった。

ただ相手は精霊や幽霊《ゆうれい》の類《たぐい》ではなく、実態がそこにあることだけはよく分かった。

次に両手に黄昏刀剣《トワイライトブレード》を展開。

出力を最大にまで上げる。


「スゥ――ハァ――」


深呼吸。

ハッキリ言って状況《じょうきょう》は全く分からない。

相手に謎《なぞ》の空間に引き摺《ず》り込まれて、謎の言葉を伝えられた。

また、なぜか僕の名前を知っている。
おそらくは種族としては魔物と同列と見ていいのだろう。
可能性としては考慮していた。
魔物を統《す》べる存在がいるのではないか、と。
その存在がこうしてあちらから現れたのだ。
これは逆にチャンスかも知れない。
敵は強い。
一見しただけでも、対魔師で言えばSランクのレベルにあることは分かっている。
纏っている魔素の質量が段違《だんちが》いだからだ。
負ける可能性はある。
先ほど殺されていった仲間のように、無残に散ってしまう可能性もある。
けど、僕はこの命が尽《つ》きるまで戦い続ける。
それがSランク対魔師である、ユリア・カーティスの使命だから。
「少しは楽しませてくださいね？」
突貫《とつかん》。
巨体を揺《ゆ》らしながら、イフリートは突っ込んできた。

まずは分析。

敵の能力は炎を主体にしていることは分かっているが、僕はあの筋肉のことも気になっていた。

物理特化した敵なのか。

それとも、炎を主体として戦ってくるのか。

それを見極《みきわ》めないことには、僕もどうやって戦っていいのか分からない。

おそらくは今まで戦ってきた敵の中で最も強い存在。

一瞬でも気を抜《ぬ》くことはできない。

「フゥ!!」

大振《おおぶ》りの拳《こぶし》。

速度は速いけれど、避《さ》けることができないほどではない。

続いて蹴《け》りがくるが、これも問題はない。

ただし、まとわりついている炎があまりにも厄介《やっかい》だ。

僕は体を魔素で覆《おお》うことで、熱を防いでいるけどあまりそちらにリソースを割《さ》くことはできない。

発動している魔《ま》法《ほう》が疎《おろそ》かになってしまうからだ。

肉を切らせて骨を断《た》つ。

ある程度は体に火傷《やけど》を負ってしまうことは覚悟《かくご》しておくべきだろう。

僕もまた、攻撃に転じる。

が、もちろん相手もそれを全て避けていく。

厄介なのは的を絞《しぼ》りきれないこと。

ゆらゆらとまとわりついている炎のせいで、しっかりと相手の芯《しん》を狙って攻撃することができていない。

一旦《いったん》下がって、立て直すか。

そう思って、僕が後方に下がろうとした瞬間だった。


「あんまり舐《な》めていると、死にますよ？」


ぞくり。

体が芯から凍《こお》り付いていくような感覚。

別に氷属性の技を受けたわけではない。

僕が感じ取ったのは、死の予兆。

一瞬の緩《ゆる》み。

分析は終わった。

あとはここから組み立てていけばいい。

そんな思いから、後方に下がったのだがその隙《すき》を狙われた。

相手の拳は顔面の真横をすり抜けていった。

死んでいた。

あと少し、気がつくのが遅《おそ》ければ僕は顔面を叩《たた》き潰《つぶ》されていた。

ボソリと呟《つぶや》くイフリート。

「本能です」

なぜか敵が一旦距離《きょり》を取ると、僕に指を指してそんなことを言ってきた。

「分析、分析、分析。あなたが強いのは分かっている。人間にしては優秀《ゆうしゅう》すぎるほどなのも。伊達に黄昏の世界で生き延びたわけではありません。適合者なのは分かっています。しかし、こんなものではないでしょう？　本能で殺しに来てください。私は、あなたの仲間を殺したのです。もっと、殺意を振《ふ》り撒《ま》き、憎《にく》しみを見せてください」

諭《さと》されている、わけではないが相手の言葉はどうしても僕の心に響《ひび》いてしまう。
憎め？
あぁ。
憎いさ。
この醜《みにく》い感情はずっと僕の中にこびりついている。
復讐心《ふくしゅうしん》はいつだって燃え上がっている。
それを僕は隠《かく》してきた。
ベルさんにも言われていた。
復讐だけに支配されてはいけない。
冷静に努めるべきだと。
分かっている。
分かっているけど、そんな言葉を言われて僕は冷静ではいられなかった。
走馬《そうま》灯《とう》のように今まで死んでいった人々の顔が脳裏《のうり》を過《よぎ》る。
会話した内容、笑っている顔、全てが蘇《よみがえ》ってくる。
そうだ。
僕らは殺し合いをしているんだ。

純粋《じゅんすい》に力と力の勝負。
相手を殺し尽くせば、この戦いは終わる。
黄昏にいる全ての魔物《まもの》を倒《たお》しきれば、きっと世界は青空を取り戻《もど》せる。
「あぁ……そっか。僕は……」
感情に飲み込まれてしまうことを恐《おそ》れていた。
ずっと僕は怖《こわ》かったんだ。
死んでいった人たちを裏切ってしまうことが。
無理に背負おうとしていた。
いや、別にそのことは問題じゃない。
問題なのは僕の心の在り方だった。
戦闘《せんとう》中はもっと研《と》ぎ澄《す》ませるんだ。
いかに敵を効率よく殺すのか。
そのことだけ考えればいい。
あとは自分の体がやってくれるから。
殺意を、感情に支配されるのではなく、感情を原動力にすればいい。
支配するんだ。

僕が、自分自身を。
「そうだ。僕はもう、後悔《こうかい》はしたくない」
分かっている。
みんなの意思は背負ってる。
だから、僕は戦うよ、
もっと自由に、もっと大胆《だいたん》に。
殺すしかないんだ。
僕らがしているのは殺し合い。
戦いにおいて、優《やさ》しさなんていらないんだから。

「――行くよ、みんな」

駆《か》け抜けていく。
今までの中で一番自由に体が動いているような気がした。

僕は足の裏からも、黄昏刀剣《トワイライトブレード》を発動。
まるでスパイクのように展開することで、踏《ふ》ん張りを利《き》かせる。
両手に展開する黄昏刀剣《トワイライトブレード》を力強く握《にぎ》ると、相手の頭上から思い切り叩きつける。
「ハハハ！　いいな！　最高だぜ、お前はよぉ‼」
相手の言葉なんて、もう耳に入ってきていなかった。
分析も、もうしていない。
ただ体が反応するままに戦う。
相手が攻撃をしてくれば、避けてカウンターを狙う。
逆のことをしてくれば、同様だ。
さらに、僕は頭で考える前に両手の黄昏刀剣《トワイライトブレード》を黄昏刀剣炸裂《フルバースト》で展開。
まるで枝葉が分かれていくように、幾重《いくえ》もの黄昏刀剣《トワイライトブレード》が相手を襲《おそ》う。
「チイ……ッ！」
それを嫌《いや》がってか、相手は炎の壁を一気に展開。
でもそれは、僕の思《おも》う壺《つぼ》だった。
「消えた？」
一瞬《いっしゅん》。

ほんの一瞬だけ、敵は僕から目を離した。
そのわずかな時間だけで十分だった。
僕は地面を駆け抜けていくと、敵の真横についた。
ギリギリ。
死角になるであろうところから、右手の指先を起点にして黄昏刀剣《トワイライトブレード》を発動。
ここで勝負になってくるのは、スピード。
いつものように魔素を固めて質量を上げる必要はない。
その一連の全《すべ》ての行動を、無意識で行っていく。
狙うのは左胸の心臓。
ただし、これで殺すことができると思っていたわけではない。
相手はなぜか、左胸のガードを緩めているのだ。
まるで誘《さそ》っているかのように。
そして――。
「やっぱりか」
確かに僕の展開した極細《ごくぼそ》の黄昏刀剣《トワイライトブレード》は相手の心臓を貫《つらぬ》いた。
人間ならば間違《まちが》いなく絶命したであろう一撃《いちげき》。

念には念を入れて、肉体を貫いた瞬間には黄昏刀剣炸裂《フルバースト》を発動しておいた。

すでにイフリートの左胸はぐちゃぐちゃになっているはずだ。

いや、そうなっているのは傷口を見ればわかる。

ただ、相手の左胸には心臓と呼ばれる器官がなかった。

その後はすぐにカウンターが来たが、左胸への攻撃が罠《わな》と分かっていた僕はそれを難なく捌《さば》く。

やはり、相手は誘っていたようだ。

「ふふ、ははは！　最高ですね！　人間でここまでやれる人は、あなたが初めてかも知れません！　そうです。やっぱり敵は強くないと面白くありません。数百年ぶりに、私の命に指が届きそうだ!!　アハハ！」

ダメージを負っていないわけではない。

ただ、ハイになっているのか全身で喜びを示している。

大丈夫《だいじょうぶ》。

僕は勝てる。

このままのペースで戦えばいい。

それにまだ、切り札は取ってある。

焦《あせ》る必要はない。
もっと攻めて攻《せ》めて、攻めまくる。
「いいでしょう。私も本気で相手をします」
その言葉を聞いて、僕は攻めることをやめなかった。
今までの僕ならば、様子を見て分析することに努めていただろう。
だが、己《おのれ》の直観が告げている。
敵をこのままにしていいわけがないと。

「熾天炎環《してんえんかん》——解放」

ギリギリのところ。
僕の黄昏刀剣《トワイライトブレード》が届きそうなところで、相手は真っ青な炎に包み込まれてしまった。
熱い。
先ほどまでの比ではない。

流石《さすが》にこのまま突っ込むのは危険だと悟《さと》り、いったん距離《きょり》を取る。

そして現れたのは、まさに異形そのものだった。

真っ青な炎を体に纏い、眼光は鋭《するど》く光《ひか》り輝《かがや》いていた。

ただし、今回は先ほどとは異なり、全身を覆うように炎を纏ってはいない。

四肢《しし》に集中するように展開されているそれは、近接戦闘に特化した形態なのかも知れない。

加えて、相手の後ろには真っ青な炎の環《わ》がぐるぐると回転していた。

「私にここまで出させた人間は、あなたが初めてです。さぁ、もっと楽しみましょう。そして、私に高みを見せてください」

「……」

相手の言葉などには耳を傾《かたむ》けない。

意識を落とせ。

沈《しず》み込ませるように、深淵《しんえん》に落ちていくように自分の感覚を尖《とが》らせる。

今までの自分ではダメだ。

もっと速く、もっと強く。

両手に魔素を集中させる。

黄昏刀剣《トワイライトブレード》を両手に展開。

今までの中でも、一番の質量で構築していく。

相手の能力に立ち向かうには、百パーセントの力では足りない。

ここで僕は自分の限界を超《こ》えなければならない。

黄昏眼《トワイライトサイト》もまた限界を超えて使用する。

「ハアアアアアアアアッ」

咆哮《ほうこう》。

転瞬、先ほどとは比較《ひかく》にならない速度で敵は迫《せま》ってくる。

純粋に視界に捉《とら》えてからでは反応は追いつかない。

僕は黄昏眼《トワイライトサイト》によって、敵の魔素の動きを予測。

その未来の動きを追うことによって、対応する。

相手の背後に浮かぶ、真っ青な円環《えんかん》が発光している。

何を意味しているのか不明だが、今はこの圧倒的《あっとうてき》な速度から繰《く》り出される拳を避け続けなければならない。

熱い、けれど我慢《がまん》できないほどではない。

「ハハハハハハ！」

高笑いを浮かべながら、ラッシュを繰り返してくる。
反応できないことはない。
問題なのは纏《まと》っている青い炎。
先ほどとは比較にならないほどの熱波。
体をじわじわと焼かれていくような感覚。
おそらくは、後ろの青い円環はエネルギーを供給しているものと見て間違いない。
相手の炎が揺らめくたびに、円環が光り輝いて大量の魔素を吐《は》き出している。
全体的な身体強化の底上げ、加えて熱波をより強力にする。
この二つが相手の能力の真価。
非常にシンプル故《ゆえ》に、攻略法《こうりゃくほう》は一つしかない。
真正面からの力勝負。
僕《ぼく》は覚悟を決める。
「スゥ――ハァ――」
深呼吸。
頭はクリアだった。
感情を制御《せいぎょ》できている。

勝つ。
絶対に僕は負けない。
そして覚悟を決めると、僕はあろうことか相手の懐《ふところ》に潜《もぐ》り込むように迫っていく。
「オイオイ！　俺《おれ》に近づくと死んじまうぜ？　分かっているだろ！」
何か吠《ほ》えているが、もう聞こえていなかった。
余計な情報はいらない。
今、音は必要ない。
迫る、迫る、迫る。
僕は左手にほぼ全ての魔素を集中させると、敵の拳を掴《つか》み取った。
「なぁ⁉」
敵は驚きの声を上げていた。
「ハアアアアアア‼」
なんとか魔素を自分の手に覆うことで対処する。
ギリギリのところではあるが、敵の攻撃を止めることができた。
声を漏《も》らしながらも、手を放すことはない。
敵の利《き》き腕《うで》である右腕《みぎうで》は封《ふう》じている。

あとは残っている指で黄昏刀剣《トワイライトブレード》を展開して、黄昏刀剣炸裂《フルバースト》を解放。

心臓がどこにあるのか不明ではあるが、全身の内部から破壊《はかい》してしまえば関係ない。

だが――。

「いい覚悟です。しかし、これで終わりです」

青い円環がさらに発光する。

そして、そこからは真っ青なレーザーのようなものが射出された。

それに飲み込まれてしまった僕は――。

「流石に死にましたか。しかし、私にここまでやらせたのはあなたが初めてだ。誇《ほこ》っていいですよ。もう聞こえてないでしょうが」

ドクン。

心臓が跳《は》ねる。

今まで僕は黄昏刀剣《トワイライトブレード》など、攻撃的《こうげきてき》にしか能力を使っていなかった。

でもベルさんに教えてもらったのは、新しい発想。

『ユリア君。黄昏刀剣《トワイライトブレード》は変形できるなら……盾にもできるんじゃない』

そう。

盾にもできると分かった僕は、それから修練を重ねた。

決して付け焼き刃《ば》にならないように、いつか自分だけではなく多くの人を助けることができるように。

僕は自分の目の前に黄昏盾《トワイライトシールド》を展開していた。

真っ赤な壁が目の前に生成されている。

相手の攻撃を完全に防ぐことができた。

けど、ここで終わりじゃない。

攻撃に転じる。

黄昏盾《トワイライトシールド》が消え去っていく瞬間《しゅんかん》。

僕は両手に大量の魔素を集めて、黄昏刀剣《トワイライトブレード》を……いや違《ちが》う。

この敵を切り裂《さ》くには、黄昏刀剣《トワイライトブレード》では足りない。

もっと、もっと圧倒的な質量が必要になる。

炎《ほのお》の壁を打ち砕《くだ》けるだけの、ありったけの力を。

時間は一秒も必要なかった。
ただ無心に僕は自分の手元に、巨大《きょだい》な剣を生み出していた。
そして、黄昏盾《トワイライトシールド》の展開を解除する。
相手は驚愕《きょうがく》の表情を浮かべていた。
反応は——僕の方がわずかに速い。
強く踏み込む。
ありったけの力を込めて、僕は握っている大剣を上段から思い切り振るった。
全ての力をここで凝縮《ぎょうしゅく》して、放つ。

「——黄昏大剣《トワイライトバスタード》」

一閃《いっせん》。
無我夢中《むがむちゅう》だった。
敵を殺す。

ここで殺し切る。

そんな思い切りから、僕は全身全霊《ぜんしんぜんれい》をかけて上段から叩きつけるように黄昏大剣《トワイライトバスタード》を振るった。

圧倒的な剣の質量も利用して、剣を振り抜いた。

そして――。

「ぐうううう……がは……ッ！」

吐血《とけつ》。

袈裟《けさ》を裂くようにして、相手は肩《かた》から腰《こし》にかけて大きな傷跡《きずあと》ができていた。

咄嗟《とっさ》に炎で防御《ぼうぎょ》したのは分かっていたが、僕はその上から力業で全てを切り裂いたのだ。

敵は傷を押さえているようだが、溢《あふ》れ出している血液が止まることはない。

殺せる。

ここでトドメをさす。

僕の方はある程度のダメージを負ってはいるものの、敵に比べればないも同然。

完全に勝敗は決まった。

僕は再び、意を決して立ち上がると黄昏刀剣《トワイライトブレード》を展開。

地面に膝《ひざ》をつけている相手の首を刎《は》ねようと、歩みの進めた瞬間。

「おっと。存外苦戦している……というよりも完全に決着が付きそうな前のよう。間に合ってよかった」


知覚できなかった。

新しい敵のような存在は僕の目の前に立っていた。

いつからそこにいたのか、分からなかった。

何か特殊《とくしゅ》な魔法、それとも……？

立ち止まる。

ここで新しい敵。

やれる。

まだ僕はやれる。

心が折れないように自身を鼓舞《こぶ》していると、新しい敵は予想もしない行動に出る。

「初めまして。自分は七魔征皇、序列四位のアウリール。以後、お見知り置きをユリアさん」

丁寧《ていねい》に一礼。

白髪《しらが》に真っ黒なスーツのようなものを着ている存在。

こいつも一見すれば人間に見えるが、背中から見える長い尻尾《しっぽ》がそれを否定する。

纏っている魔素もまた、あまりにも邪悪《じゃあく》なものだった。

「う……ごほっ……」

「イフリート。遊び過ぎましたか？」

「ええ。そのようです……」

「まさか人間にここまでやられるとは、自分が来ていなければ死んでいましたよ？」

「……今回は、一つ。恩を売ります」

「はは。そうですか」

アウリールと呼ばれる存在は、イフリートに肩を貸した。

「ユリアさん。またいずれ、出会うことになる。あなたは適合者。黄昏の世界に適合した、唯一《ゆいいつ》の人類。しかし、私たちも一枚岩ではない。またいずれ、殺し合いましょう。それでは」

待て——!!

という言葉を発することはできなかった。

消えていく二人を追いかけるほどの力が、今の僕には残っていなかったからだ。

徐々《じょじょ》に晴れていく空間。

おそらくは、敵が展開していた結界が消滅《しょうめつ》していっているのだろう。

そして、僕は無事に元の世界に戻ってくるのだった。

「ユリア君!!」

「おい、ユリア！　戻ってきたのか！」

目の前には、ベルさんとロイさんがいた。

チラッと後ろを見ると、泣き崩《くず》れているエイラ先輩《せんぱい》もいるようだった。

他《ほか》にもSランク対魔師だけではなく、数多くの対魔師がいて忙《せわ》しなく話をしているようだった。

「医療班《いりょうはん》を早く！」

「おう！」

二人の声がだんだんと遠ざかっていく。

今回は人生の中で最も死を覚悟した瞬間だった。

でも戻ってくることができて、生きて帰ってこられた。

そんな安堵《あんど》感《かん》を抱《いだ》くと、なんだか体の力がスーッと抜けていくようだった。
そして僕は自分の意識をそこで手放すのだった。

エピローグ　希望の未来へ

無事に戦いは終わった。

一応、医療班の人による検査が入ったが軽く火傷をしているだけで、他に問題はなかった。無傷に近い形で敵を撃退《げきたい》できたのだ。

「あ……ユリア。その、元気？」

「はい。問題ありません」

テントから出てくると、先輩がいた。

なんでも近くにいる部隊と合流し、その中にエイラ先輩がいたらしい。

僕が戻って来た時は周りの目を憚《はばか》らず泣いていたのは記憶《きおく》に新しい。

「ユリア。リアーヌが呼んでいるわ。通信できるようにしているらしいから」

「分かりました」

二人で並んでリアーヌ王女のもとへと向かう。

今日は先輩も彼女《かのじょ》に呼び出されているらしい。

また、今回の作戦は成功したらしい。

今でも定期的に通信魔法は使っているらしいが、問題ないという。

今回の作戦で一つ問題があるとすれば、それは……僕が襲われたことだった。

初めて見る敵対存在。

魔物だとは思うが、言葉を巧《たく》みに操《あやつ》り実力もSランク対魔師に匹敵《ひってき》する存在。

明らかになった更《さら》なる脅威《きょうい》。

人類の進退を懸《か》けた作戦は成功したということで、結界都市の人々は喜びの声を上げている。

しかし、僕を襲った存在を知っている対魔師たちは手放しに喜ぶことはできない。

「失礼します」

「はい。どうぞ」

別のテントの中に入ると、室内にはベルさんがいた。

サイラスさんとロイさんは、他に仕事があるようでここにはいなかった。

そして、僕とエイラ先輩が中に入ってくると、早速《さっそく》本題に入る。

「ユリアさん。本当に無事でよかったです」

通信魔法によって、リアーヌ王女からの声が聞こえてくる。

「ご心配おかけしました」

そして僕は、先ほど戦った七魔征皇《しちませいこう》の情報について全員に共有するのだった。

「七魔征皇。まさか、伝承の存在が本当にいたなんて……それに、ユリアさんを適合者と呼ぶのはなぜか。序列の存在……どうやら今までの魔物のおかしな動きも、この七魔征皇と呼ばれる存在がいるとわかれば、納得《なっとく》できますね」

「はい。しかし、どうして僕を狙《ねら》ったのか。謎《なぞ》のままですが」

「ええ。ですが、これは大きな進歩でもあります。今までは全く見えることのなかった、敵の姿が見えたのですから。それに、伝承を調べることにも大きな意味が生まれました」

「そうですね」

そして僕らは、さらに話を続けていく。

「七魔征皇ね。私も初めて聞くけど、そんな存在がいたなんて」

エイラ先輩はボソリと呟いた。

「どうだろう……でも、名前にはきっと意味があるはず……」

「ベルの言う通りね。ただ今は、新しい話をしましょうか」

リアーヌ王女はじっと僕とエイラ先輩の顔を見つめてくる。

「先ほどサイラスと話をしたのですが、作戦は続行します。ただし、ユリアさんはすぐに結界都市に帰還《きかん》しても問題はありません」

どうやら、僕の体のことを気にしてくれているらしい。

確かに、先ほどの戦闘でかなりの疲労《ひろう》感は残っている。

でもそれは、魔力《まりょく》を大きく失っただけなので特に問題はない。

火傷の痕《あと》などもあるが、軽いものなので気にするほどではない。

「大丈夫です。まだ、第二目標である駐屯《ちゅうとん》基地の設置があります。最後まで作戦には参加させてください」

「分かりました。しかし、くれぐれも無理はしないでください」

リアーヌ王女はそして、新しい話を提示してくる。

「それと、これは新しい話なのですが……転移魔法の実用化の目処《めど》が立ったのです」

「転移魔法？」

「はい。古代に失われた魔法と言われていましたが、研究の末に実用化できる、との話になりまして。この話を踏まえて、結界都市と今から設立してもらう駐屯基地を転移魔法で繋《つな》ぐ、という提案がありまして。この魔法の使用は、どうやら私にしかできないようなので、今からそちらに向かう予定です」

「なるほど。分かりました」

なるとは。

転移魔法《まほう》。

確か、第一結界都市を襲撃《しゆうげき》した古代蜘蛛《エンシエントスパイダー》も使っていたが、まさか実用化レベルにまで

未知の敵の襲撃もあったが、僕らに大きく風が吹《ふ》いているかもしれない。

「それでは、あとはベルから詳《くわ》しい話を聞いてください。私からは以上になります」

「はい。わざわざありがとうございました」

その後、ベルさんと細かい話をしてから僕と先輩はテントの外に出ていくのだった。

「先輩は、今回の作戦どうでした？」

「私は別に普通《ふつう》よ。ま、久しぶりに広域干渉《かんしよう》系の魔法を使ったけど」

「広域干渉系、ですか？　確か扱《あつか》える人はほとんどいないとか」

「まぁね。私は中でも氷属性の魔法を得意としているから、今回の作戦は相性《あいしよう》がよかったわ。仮の話だけど……もし、私がユリアと相対した敵にあっていたら危なかったかも……」

微《かす》かに震《ふる》えている手。

相手は僕のことを、適合者と言っていたので狙っていたのは僕なのは自明だが、もしエイラ先輩が狙われていれば危なかったかもしれない。

「先輩」

そっと先輩の手に触《ふ》れる。

「大丈夫です。その時は絶対に、僕が先輩を助けますから」

本心だった。

先輩は今回、僕が敵の結界に囚《とら》われて何もできなかったことを悔《く》やんでいたらしい。

でも、ベルさんにも切り裂くことができないほどの強固な結界だったんだ。

どうすることもできなくて、当たり前だ。

「……情けないわね。後輩《こうはい》にこんなこと言われるなんて」

「そんなことはありません。僕にとって、先輩はいつまでも尊敬すべき先輩ですから」

「そう……なの？」

「はい」

ギュッと手を握り返してくる。

確かな先輩の温かさが僕に伝わってくる。

「そうね。その通りだわ。ユリアは本当に強いわね」

「先輩もですよ。だから一緒《いっしょ》に、頑張《がんば》っていきましょう。僕はずっとエイラ先輩の後を追いかけ続けますよ」

「ありがとう。ユリア」

笑ってる先輩はいつも以上に魅力的《みりょくてき》に見えた。

謎の存在である、七魔征皇。

様々な要因が絡《から》み合って、進んでいく状況《じょうきょう》。

強敵の出現もあったが、僕らは確実に前に進んでいる。

人類の希望はまだ確かに残っている。

そして僕らは、このまま作戦を続行するのだった。

あとがき

初めましての方は、初めまして。

二巻から続けてお買い上げくださった方は、お久しぶりです。

作者の御子柴奈々《みこしばなな》です。

この度は星の数ほどある作品の中から、本作を購入していただきありがとうございます。

ここから先は、三巻の内容を振り返りますので、ネタバレが嫌な方はご注意ください！

さて、三巻はついに黄昏に対して大きく動く内容となりました。

物語の流れ自体は、Ｗｅｂ版との差異はそれほどありませんが、九割以上は書き下ろしとなっております！

Ｗｅｂ版既読の方にもお楽しみいただけたのなら、幸いです。

二巻の最後から続き、ユリアにとっては衝撃的な展開が続きましたが、また一回り大きく成長していっている最中です。

今までは、黄昏で彷徨《さまよ》っている魔物と裏切り者が敵対存在ではありましたが、今回で謎の存在である七魔征皇《しちませいこう》が登場することになりました。

裏切り者の存在、黄昏という現象の謎、七魔征皇の存在と人類は立ち向かうべきことがまだまだ多いです。

しかし、人類もやっと旧態依然としていた状態から変わってきているので、次巻以降ではまた大きな展開があるのかもしれません。

それと、ユリアとヒロインたちの恋模様ですが……果たして、ユリアは彼女たちの気持ちに気がつくのでしょうか。

今は黄昏に立ち向かうので手一杯で、なかなか気がつくのは難しいかもしれませんが、いずれユリアはそちらにも向き合う日が来るのかもしれません。

個人的には、エイラが大好きで、本当に今回の三巻の表紙は最高でした！　これは完全に私の趣味ですが（笑）。

といっても、シェリーやリアーヌ、それにソフィアもいるのでまだまだどうなるのかは分かりませんが。

それとエイラの表紙で思い出しましたが、彼女のキャラデザは私の学生時代の影響が強くありまして。

当時中学生になった私は、深夜アニメなどを見始めていわゆるオタク、と呼ばれる世界に足を踏み入れている最中でした。

その時に、ツンデレヒロインの時代がやって来ており、エイラはその時の影響が色濃く残っているよなぁ……と今更思いました。

同世代の方は、そんな時代もあったなとご理解していただけると思います。

狙っていたわけではありませんが、やはり無意識下では大きく影響を受けているものだと思いました。

少し話は逸れましたが、次巻以降の展開にもご期待ください！ ということで！

続いて、コミカライズの話になります。

現在、『コミックファイア』にてコミカライズの連載が開始しております！

二巻でもお知らせしましたが、作画を担当してくださっているのは『水　清十朗』先生です。

『コミックファイア』のページで無料で読むことができますので、是非とも気になる方はお読みいただければ幸いです！

私が思っていた黄昏の世界を素晴らしい作画で描いてくださっていることに加えて、特に戦闘シーンはかなりの迫力がありますので、ご期待ください！

コミカライズに際して書籍版とは多少の差異はありますが、漫画に合わせて取捨選択をして、本当に素晴らしいものに仕上がっておりますので。

改めて、コミカライズ版の方もよろしくお願いいたします。

それと、昨今は非常に大変な情勢となっている影響を私ももろに受けております。

おかげで家にいることが多く、ウーバーイーツを頼んでしまうことが多々ありまして……出費が増えて……色々と反省している毎日です。

私の自省の日々はともかく、ライトノベルや漫画などの娯楽の需要も非常に高まって来ているのかな、と思っていたりもしております。

色々と制限がある中で皆さま生活をしていると思いますが、本作を楽しみ少しでも楽しい気持ちになっていただけたのなら、作家としてこれ以上嬉しいことはありません。

また家にいることが多くなった影響で、生活リズムが少しずつ狂ってしまい、原稿作業も先延ばしになり、最後に地獄を見るようなことが多々ありまして（汗）。

実はこの三巻も、割と大変だったりしました……。

今後は、改善していきたいですね！

はい……切実に……。私は夏休みの宿題を最後の方にバーっと一気にやるタイプだったので、大人になってもその影響がもろに出ており……。

ということで、今後は色々と悪い部分をなくしていきたいと思います！

謝辞になります。

岩本ゼロゴ先生、本当に素晴らしいイラストをいつもありがとうございます！

三巻の表紙は特にお気に入りで、エイラがとても可愛いです！

その他にも、カッコいいイラストなど、いつも非常に高いクオリティで驚いています。

改めて、いつもありがとうございます。

担当編集さまには、今回も大変お世話になりました。

初稿では拙い点なども多々ありますが、鋭いご指摘により三巻もより良いものに仕上がったと思います。今回もありがとうございました。

それではまた、四巻でお会いいたしましょう。

二〇二一年　五月　御子柴奈々

HJ文庫 938 http://www.hobbyjapan.co.jp/hjbunko/

追放された落ちこぼれ、辺境で生き抜いてSランク対魔師に成り上がる3

2021年6月1日　初版発行

著者――御子柴奈々

発行者―松下大介
発行所―株式会社ホビージャパン

〒151-0053
東京都渋谷区代々木2-15-8
電話　03(5304)7604（編集）
　　　03(5304)9112（営業）

印刷所――大日本印刷株式会社

装丁――BELL'S／株式会社エストール

ISBN978-4-7986-2504-1　C0193

コミカライズ
「コミックファイア」にて
好評連載中!
漫画：水清十朗
原作：御子柴奈々
キャラクター原案：岩本ゼロゴ
「小説家になろう」発、
学園無双ファンタジー!
第①～③巻好評発売中!
第④巻は今秋発売予定!

追放された落ちこぼれ、
辺境で生き抜いて
Sランク対魔師に成り上がる
御子柴奈々
イラスト：岩本ゼロゴ
HJ文庫

史上最高の天才錬金術師はそろそろ引退したい
第①②巻
好評発売中!!
御子柴奈々
イラスト：ネコメガネ

Hobby Japan Novels
「HJネット小説大賞」受賞作！
御子柴奈々が贈る
「小説家になろう」発、
錬金×農業ファンタジー!!